KB193967

김소월 전 시 집 ── 진달래꽃·초혼

김소월 전 시집

진달래꽃 · 초혼

한국어 어휘를 가장 멋있고 맛있게 표현한 시인
영화 · 드라마 · 노래가 가장 많이 만들어진 시인

한글을 가장 아름답게 표현한 시인

'사뿐히 즈려밟고 가시옵소서…' '심중에 남아 있는 말 한 마디는…' '가는 봄을 잡지도 못한단 말인가…' 등등 이러한 김소월의 한글 표현은 누구도 따라할 수 없는 감미롭고 입에도 착착 붙는 언어로 구사되어 있다. 따라서 김소월 시들의 시어는 너무나 아름답고 맛깔스러워 AI도 흉내를 내거나 복제자체가 불가능할 것이라고 한다.

2025년은 김소월의 『진달래꽃』 시집 출간 100주년이다. 따라서 이 시집은 100주년 기념 시집으로 흩어졌던 시들을 찾아 한데모아 총망라해 '김소월 전 시집'으로 출간하게 되었다. 또한 김소월의 한시 번역 시 중에서 우리도 잘 알고 있는 중국의 가장 유명한 세분의 시 한편씩을 골라 3편을 실었다. 소월의 번역시는 원작의 '말뜻'을 옮기는 것이 아니라, 그들의 시에 담겨있는 혼이나 넋을 자신이 온몸에 두루고 우리말 버전으로 다시 썼다고 할 수 있다. 따라서 소월의 번역시는 시성이라 추앙받는 두보, 백거이, 이백의 시인들이 우리나라 사람으로 살아서 되돌아와 다시 쓴다 해도 소월의 서정과 감동을 따르지는 못할 것이다.

서울옥션이 2024년 12월 17일, 김소월 시집 『진달래꽃』 초판본이 1억8천만 원에 낙찰되면서 2023년 9월 20일, 케이옥션 경매가격 1억6천500만 원을 갱신했다. 이 금액은 근현대문학 서적경매 낙찰 최고가 기록이다. 『진달래꽃』 시집은 1925년 12월 23일 인쇄하고, 26일 발행된 그의 대표작인 「산유화」 「님에게」 「초혼」 「엄마야 누나야」 「예전엔 미처 몰랐어요」 등 127편이 실린 김소월 생애의 유일한 시집이다.

'김소월 전 시집'은 『진달래꽃』 시집 출간 100주년 기념으로 『진달래꽃』 초판본에 실린 127편의 시 외에 신문 잡지와 김소월의 다른 시집에 실려 있는 시들을 총망라해 110편을 추가해 '김소월 전 시집'으로 출간하게 되었다. 김소월은 민족시인으로도 알려져 있지만 서정시인으로 더욱 탁월한 재능을 발휘한 시인으로 평가 받고 있다. 특히 그의 사랑에 대한 시나 사랑하는 사람을 떠나보내는 시어들은 너무나 감미로워 한글의 우수성까지 한껏 뽐내고 있다.

민족의 한을 시로 위로한 소월은 나라를 빼앗긴 깊고 무거운 어둠의 시대를 가볍고 찬란한 빛으로 바꿔준 사랑의 시어들로 100년이 된 지금도 우리에게 고단한 일상을 위로해 주고 메마른 감성을 촉촉히 적셔주는 치유의 공감을 느끼게 해준다.

소월의 시는 한국 시문학의 꽃 중의 꽃이라 할 수 있다.

김소월의 시집 『진달래꽃』은 1925년 처음 간행된 이후 600
종이 넘게 출간되었다. 그리고 그의 시 제목으로 영화는 1957
년을 시작으로 8편이나 제작돼 상영되었고, 드라마는 1982년
MBC를 비롯하여 5편이 방영되었다. 그리고 TV단막극이나 다
큐멘터리, 연극 등은 헤아릴 수도 없을 정도다. 또한 가요와 가곡
으로도 60여 곡이 만들어 졌으며 특히 1977년 TBC에서 시집
에 수록되지 않는 유작을 찾아 안치행 작곡가를 통해 만들어진
'실버들'은 1978년 최고의 인기곡이 되었고, 노래를 부른 희자
매는 년 말에 선정하는 MBC가요 대상을 타기도 했다.

이렇게 김소월은 대한민국 최고의 시인이자 사랑받는 시인으
로 해외 출간도 이어지고 있다.

이 시집은 『진달래꽃』에 실린 첫 발간 당시의 의미를 살리되,
표기법은 원시의 느낌을 최대한 훼손하지 않게 현대어를 따름으
로써 읽는 데 불편함이 없도록 하였다.

우리나라 최고의 서정시인으로 자리매김하고 있는 김소월은

그 작품에 여성을 화자話者로 두고 한과 슬픔, 벗어나지 못하는 상처를 절제하여 담고 있다. 때문에 가혹한 식민지시기를 보낸 시대와 이후 한국전쟁과 독재정권을 거친 우리 민족의 정서에 일치하는 공감대를 형성하며 지금까지도 변함없는 사랑을 받고 있다.

『진달래꽃』 시집에 실려 있어서 교과서에도 실린 「초혼招魂」 이란 시에는 김소월의 가슴 아픈 사연이 숨겨져 있다.

1904년 김소월이 태어나고 2년 만에 아버지가 일본인들에게 폭행을 당해 정신 이상자가 되는 바람에 광산을 운영하는 할아버지 댁으로 이사하여 성장했다. 소월은 남산보통학교를 졸업하고 1915년 평북 정주의 조만식 선생이 교장으로 계시는 오산학교로 진학하여 스승인 김억의 도움으로 시를 쓰기 시작하고 문단에 데뷔까지 하게 된다.

한편 김소월은 오산학교를 다닐 때 3살 많은 '오순'을 알게 된다. 둘은 서로 의지하고 상처를 보듬어주며 사랑을 나눴지만 그 행복은 너무나 짧았다. 소월은 오산학교 재학 중인 1916년 14세 때 할아버지 친구의 손녀인 홍단실과 강제로 결혼한다. 그 당시에는 흔히 있는 일이었다. 몇 년 후 오순이도 19살이 됐을 때, 억지로 다른 사람과 결혼한다. 이후 두 사람 사이에 연락은 끊겼지만 소월은 힘들 때 자신의 아픔을 보듬어주던 오순을 잊지 못하는 심정을 담아 시를 쓰기도 했다.

그리고 얼마 지나지 않아 그들 사이에 너무나도 충격적이고 가슴 아픈 일이 일어난다. 결혼 후 3년이 되든 해 오순이가 그의 남편에게 맞아 사망한 것이다. 그녀의 남편은 심한 의처증에 걸핏하면 폭력을 일삼는 인간이었다. 소월은 아픈 가슴을 억누르고 오순을 떠나보내면서 사랑했던 그녀를 위해 피를 토하는 심정으로 쓴 시가 「초혼招魂」이다. 이 이야기가 사실이 아니라도 그리움, 슬픔, 아픔이 배어있어 「진달래꽃」에 이어지는 김소월의 속마음을 대변하는 스토리텔링이 너무 좋다.

김소월 작품 세계의 주체가 여성으로 표현되는 것은 어머니와 숙모로부터 받은 영향이 큰 듯하다. 어머니는 남편이 일본인들에게 폭행을 당하여 정신이상자가 되자 아들 김소월에게 기대며 지나친 애착을 가졌고, 숙모 계희영은 신학문에 눈을 뜨고 여러 문학작품을 섭렵한 인물로서 조카 김소월에게 많은 이야기를 들려주었다.

　김소월은 연이은 사업의 실패와 미래라곤 없는 듯이 느껴지는 암울한 현실과 경제적 빈곤, 문우 나도향의 요절과 이장희의 자살 등은 김소월이 삶을 포기하고 비관적 운명론에 빠지게 만들었다. 5, 6년에 불과한 짧은 기간 동안 많은 시를 창작하며 천재적 재능을 보이던 김소월은 결국 끝없는 회의와 실의에서 벗어나지 못하고 1934년 12월 23일 아편을 먹고 자살했다고 전해지지만 정확한 사인은 규명되지 않았다.

　김소월은 안타깝게 젊은 나이에 세상을 등지고 말았지만 그의 작품은 교과서에도 실리고 영화와 드라마 그리고 가곡과 가요로 만들어져 한국인의 정서를 대변하고 있으며, 금년에는 '어제의 시는 내일의 노래가 될 수 있을까'라는 뮤지컬로도 제작되어 공연되었다. 이렇게 김소월 시인은 언제 어디서나 우리와 가장 가까이서 함께 지내는 시인이다. 윤동주가 한글을 가장 사랑한 시인이라면, 김소월은 한글을 가장 아름답게 표현한 시인이라 할 수 있다.

3

**반
달**

4

귀
뚜
람
이

7

진달래꽃

8 금잔디

9 사랑의 선물

10

가련한 인생

11

제이·엠·에쓰

⟨14⟩

첫사랑

15

미발표 미수록 및 나중에 추가한 시

16

번역시

1

님에게

먼 후일

먼 훗날 당신이 찾으시면
그때에 내 말이 '잊었노라'

당신이 속으로 나무라면
'무척 그리다가 잊었노라'

그래도 당신이 나무라면
'믿기지 않아서 잊었노라'

오늘도 어제도 아니 잊고
먼 훗날 그때에 '잊었노라'

풀 따기

우리 집 뒷산에는 풀이 푸르고
숲 사이의 시냇물, 모래 바닥은
파아란 풀 그림자, 떠서 흘러요.

그리운 우리 님은 어디 계신고.
날마다 피어나는 우리 님 생각.
날마다 뒷산에 홀로 앉아서
날마다 풀을 따서 물에 던져요.

흘러가는 시내의 물에 흘러서
내어던진 풀잎은 옅게 떠갈 제
물살이 해적해적 품을 헤쳐요.

그리운 우리 님은 어디 계신고.
가엾은 이내 속을 둘 곳 없어서
날마다 풀을 따서 물에 던지고
흘러가는 잎이나 맘해 보아요.

바다

뛰노는 흰 물결이 일고 또 잦는
붉은 풀이 자라는 바다는 어디

고기잡이꾼들이 배 위에 앉자
사랑 노래 부르는 바다는 어디

파랗게 좋이 물든 남빛 하늘에
저녁놀 스러지는 바다는 어디

곳 없이 떠다니는 늙은 물새가
떼를 지어 좇니는 바다는 어디

건너 서서 저편은 딴 나라이라
가고 싶은 그리운 바다는 어디

산 위에

산 위에 올라서서 바라다보면
가로막힌 바다를 마주 건너서
님 계시는 마을이 내 눈앞으로
꿈 하늘 하늘같이 떠오릅니다

흰 모래 모래 빗긴 선창가에는
한가한 뱃노래가 멀리 잦으며
날 저물고 안개는 깊이 덮여서
흩어지는 물꽃뿐 아득합니다

이윽고 밤 어둡는 물새가 울면
물결 쫓아 하나둘 배는 떠나서
저 멀리 한바다로 아주 바다로
마치 가랑잎같이 떠나갑니다

나는 혼자 산에서 밤을 새우고
아침 해 붉은 볕에 몸을 씻으며
귀 기울이고 소곳이 엿듣노라면
님 계신 창 아래로 가는 물노래

흔들어 깨우치는 물노래에는
내 님이 놀라 일어 찾으신대도
내 몸은 산 위에서 그 산 위에서
고이 깊이 잠들어 다 모릅니다

옛이야기

고요하고 어두운 밤이 오며는
어스러한 등불에 밤이 오며는
외로움에 아픔에 다만 혼자서
하염없는 눈물에 저는 웁니다

제 한몸도 예전엔 눈물 모르고
조그마한 세상을 보냈습니다
그때는 지난날의 옛이야기도
아무 설움 모르고 외었습니다

그런데 우리 님이 가신 뒤에는
아주 저를 버리고 가신 뒤에는
전날에 제게 있던 모든 것들이
가지가지 없어지고 말았습니다

그러나 그 한때에 외어두었던
옛이야기뿐만은 남았습니다
나날이 짙어가는 옛이야기는
부질없이 제 몸을 울려줍니다

님의 노래

그리운 우리 님의 맑은 노래는
언제나 제 가슴에 젖어 있어요

긴 날을 문 밖에서 서서 들어도
그리운 우리 님의 고운 노래는
해지고 저물도록 귀에 들려요
밤들고 잠들도록 귀에 들려요

고이도 흔들리는 노랫가락에
내 잠은 그만이나 깊이 들어요
고적한 잠자리에 홀로 누워도
내 잠은 포스근히 깊이 들어요

그러나 자다 깨면 님의 노래는
하나도 남김없이 잃어버려요
들으면 듣는 대로 님의 노래는
하나도 남김없이 잊고 말아요

실제失題 1

동무들 보십시오 해가 집니다
해지고 오늘날은 가노랍니다
옷옷을 잽시빨리 입으십시오
우리도 산마루로 올라갑시다

동무들 보십시오 해가 집니다
세상의 모든 것은 빛이 납니다
이제는 주춤주춤 어둡습니다
예서 더 저문 때를 밤이랍니다

동무들 보십시오 밤이 옵니다
박쥐가 발부리에 일어납니다
두 눈을 인제 그만 감으십시오
우리도 골짜기로 내려갑시다

님의 말씀

세월이 물과 같이 흐른 두 달은
길어 둔 독엣물도 찌었지마는
가면서 함께 가자 하던 말씀은
살아서 살을 맞는 표적이외다

봄풀은 봄이 되면 돋아나지만
나무는 밑그루를 꺾은 셈이요
새라면 두 죽지가 상한 셈이라
내 몸에 꽃필 날은 다시없구나

밤마다 닭소리라 날이 첫 시時면
당신의 넋맞이로 나가볼 때요
그믐에 지는 달이 산에 걸리면
당신의 길신가리 차릴 때외다

세월은 물과 같이 흘러가지만
가면서 함께 가자 하던 말씀은
당신을 아주 잊던 말씀이지만
죽기 전 또 못 잊을 말씀이외다

님에게

한때는 많은 날을 당신 생각에
밤까지 새운 일도 없지 않지만
아직도 때마다는 당신 생각에
추거운 베갯가의 꿈은 있지만

낯모를 딴 세상의 네 길거리에
애달피 날 저무는 갓 스물이요
캄캄한 어두운 밤 들에 헤매도
당신은 잊어버린 설움이외다

당신을 생각하면 지금이라도
비오는 모래밭에 오는 눈물의
추거운 베갯가의 꿈은 있지만
당신은 잊어버린 설움이외다

마른강 두덕에서

서리 맞은 잎들만 쌔울지라도
그 밑에야 강물의 자취 아니랴
잎새 위에 밤마다 우는 달빛이
흘러가던 강물의 자취 아니랴

빨래 소리 물소리 선녀의 노래
물 스치던 돌 위엔 물때뿐이라
물때 묻은 조약돌 마른 갈숲이
이제라고 강물의 터야 아니랴

빨래 소리 물소리 선녀의 노래
물 스치던 돌 위엔 물때뿐이라

봄 밤

실버드나무의 거무스레한 머리결인 낡은 가지에
제비의 넓은 깃나래의 감색 치마에
술집의 창 옆에, 보아라, 봄이 앉았지 않는가.

소리도 없이 바람은 불며, 울며, 한숨지어라
아무런 줄도 없이 설고 그리운 새카만 봄 밤
보드라운 습기는 떠돌며 땅을 덮어라.

밤

홀로 잠들기가 참말 외로와요
맘에는 사무치도록 그리워와요
이리도 무던히
아주 얼굴조차 잊힐 듯해요.

벌써 해가 지고 어두운데요,
이곳은 인천仁川에 제물포濟物浦, 이름난 곳,
부슬부슬 오는 비에 밤이 더디고
바다 바람이 춥기만 합니다.

다만 고요히 누워 들으면
다만 고요히 누워 들으면
하이얗게 밀어드는 봄 밀물이
눈앞을 가로막고 흐느낄 뿐이야요.

꿈꾼 그 옛날

밖에는 눈, 눈이 와라,
고요히 창 아래로는 달빛이 들어라.
어스름 타고서 오신 여자는
내 꿈의 품속으로 들어와 안겨라.

나의 베개는 눈물로 함빡히 젖었어라.
그만 그 여자는 가고 말았느냐.
다만 고요한 새벽, 별 그림자 하나가
창틈을 엿보아라.

꿈으로 오는 한 사람

나이 차지면서 가지게 되었노라
숨어 있던 한 사람이, 언제나 나의,
다시 깊은 잠 속의 꿈으로 와라
불그레한 얼골에 가느다란 손가락의,
모르는 듯한 거동도 전날의 모양대로
그는 의젓이 나의 팔 위에 누워라.
그러나, 그래도 그러나!
망할 아무것이 다시없는가!
그냥 먹먹할 뿐, 그대로
그는 일어라. 닭의 홰치는 소리.
깨어서도 늘, 길거리의 사람을
밝은 대낮에 빗보고는 하노라

2

두
사
람

눈 오는 저녁

바람 자는 이 저녁
흰 눈은 퍼붓는데
무엇하고 계시노
같은 저녁 금년今年은……

꿈이라도 꾸면은!
잠들면 만날런가.
잊었던 그 사람은
흰 눈 타고 오시네.

저녁때. 흰 눈은 퍼부어라.

자주 구름

물 고운 자주紫朱 구름,
하늘은 개여 오네.
밤중에 몰래 온 눈
솔숲에 꽃피었네.

아침볕 빛나는데
알알이 뛰노는 눈

밤새에 지난 일은………
다 잊고 바라보네.

움직거리는 자주 구름.

두 사람

흰 눈은 한 잎
또 한 잎
영嶺 기슭을 덮을 때.
짚신에 감발하고 길심매고
우뚝 일어나면서 돌아서도………
다시금 또 보이는,
다시금 또 보이는.

닭소리

그대만 없게 되면
가슴 뛰노는 닭소리 늘 들려라.

밤은 아주 새어올 때
잠은 아주 달아날 때

꿈은 이루기 어려워라.

저리고 아픔이어
살기가 왜 이리 고달프냐.

새벽 그림자 산란散亂한 들풀 위를
혼자서 거닐어라.

못 잊어

못 잊어 생각이 나겠지요,
그런대로 한세상 지내시구려,
사노라면 잊힐 날 있으리다.

못 잊어 생각이 나겠지요,
그런대로 세월만 가라시구려,
못 잊어도 더러는 잊히오리다.

그러나 또 한긋 이렇지요,
'그리워 살뜰히 못 잊는데,
어쩌면 생각이 떠지나요?'

예전엔 미처 몰랐어요

봄가을 없이 밤마다 돋는 달도
'예전엔 미처 몰랐어요.'

이렇게 사무치게 그리울 줄도
'예전엔 미처 몰랐어요.'

달이 암만 밝아도 쳐다볼 줄을
'예전엔 미처 몰랐어요.'

이제금 저 달이 설움인 줄은
'예전엔 미처 몰랐어요.'

자나 깨나 앉으나 서나

자나 깨나 앉으나 서나
그림자 같은 벗 하나이 내게 있었습니다.

그러나, 우리는 얼마나 많은 세월을
쓸데없는 괴로움으로만 보내었겠습니까!

오늘은 또다시, 당신의 가슴속, 속모를 곳을
울면서 나는 휘저어바리고 떠납니다그려.

허수한 맘, 둘 곳 없는 심사心事에 쓰라린 가슴은
그것이 사랑, 사랑이던 줄이 아니도 잊힙니다.

해가 산마루에 저물어도

해가 산마루에 저물어도
내게 두고는 당신 때문에 저뭅니다.

해가 산마루에 올라와도
내게 두고는 당신 때문에 밝은 아침이라고 할 것입니다.

땅이 꺼져도 하늘이 무너져도
내게 두고는 끝까지 모두 다 당신 때문에 있습니다.

다시는, 나의 이러한 맘뿐은, 때가 되면,
그림자같이 당신한테로 가오리다.

오오, 나의 애인이었던 당신이어.

꿈 1

닭 개 짐승조차도 꿈이 있다고
이르는 말이야 있지 않은가,
그러하다, 봄날은 꿈꿀 때.
내 몸이야 꿈이나 있으랴,
아아 내 세상의 끝이어,
나는 꿈이 그리워, 꿈이 그리워.

맘 켕기는 날

오실 날
아니 오시는 사람!
오시는 것 같게도
맘 켕기는 날!
어느덧 해도 지고 날이 저무네!

하늘 끝

불현듯
집을 나서 산을 치달아
바다를 내다보는 나의 신세여!
배는 떠나 하늘로 끝을 가누나!

개아미

진달래꽃이 피고
바람은 버들가지에서 울 때,
개아미는
허리 가늣한 개아미는
봄날의 한나절, 오늘 하루도
고달피 부지런히 집을 지어라.

제비

하늘로 날아다니는 제비의 몸으로도
일정한 깃을 두고 돌아오거든!
어찌 설지 않으랴, 집도 없는 몸이야!

부엉새

간밤에
뒤창 밖에
부엉새가 와서 울더니,
하루를 바다 위에 구름이 캄캄.
오늘도 해 못 보고 날이 저무네.

만리성萬里城

밤마다 밤다다
온 하룻밤!
쌓았다 헐었다
긴 만리성!

수아樹芽

섭다 해도
웬만한,
봄이 아니어,
나무도 가지마다 눈을 텄어라!

담배

나의 긴 한숨을 동무하는
못 잊게 생각나는 나의 담배!
내력來歷을 잊어버린 옛 시절에
낫다가 새 없이 몸이 가신
아씨님 무덤 위의 풀이라고
말하는 사람도 보았어라.
어물어물 눈앞에 스러지는 검은 연기,
다만 타붙고 없어지는 불꽃.
아 나의 괴로운 이 맘이어.
나의 하염없이 쓸쓸한 많은 날은
너와 한가지로 지나가라.

실제失題 2

이 가람과 저 가람이 모두처 흘러
그 무엇을 뜻하는고?

미더움을 모르는 당신의 맘

죽은 듯이 어두운 깊은 골의
꺼림칙한 괴로운 몹쓸 꿈의
퍼르죽죽한 불길은 흐르지만
더듬기에 지치운 두 손길은
불어 가는 바람에 식히셔요

밝고 호젓한 보름달이
새벽의 흔들리는 물노래로
수줍음에 추움에 숨을 듯이
떨고 있는 물 밑은 여기외다.

미더움을 모르는 당신의 맘

저 산山과 이 산山이 마주서서
그 무엇을 뜻하는고?

어버이

잘 살며 못 살며 할 일이 아니라
죽지 못해 산다는 말이 있나니,
바이 죽지 못할 것도 아니지만은
금년에 열네 살, 아들딸이 있어서
순복이 아버님은 못하노란다.

부모

낙엽이 우수수 떨어질 때,
겨울의 기나긴 밤,
어머님하고 둘이 앉아
옛이야기 들어라.

나는 어쩌면 생겨 나와
이 이야기 듣는가?
묻지도 말아라, 내일 날에
내가 부모 되어서 알아보랴?

3

반
달

후살이

홀로 된 그 여자
근일近日에 와서는 후살이 간다 하여라.
그렇지 않으랴, 그 사람 떠나서
이제 십 년, 저 혼자 더 살은 오늘날에 와서야……
모두 다 그럴듯한 사람 사는 일레요.

잊었던 맘

집을 떠나 먼 저곳에
외로이도 다니던 내 심사를!
바람 불어 봄꽃이 필 때에는,
어찌타 그대는 또 왔는가,
저도 잊고 나니 저 모르던 그대
어찌하여 옛날의 꿈조차 함께 오는가.
쓸데도 없이 서럽게만 오고 가는 맘.

봄비

어룰없이 지는 꽃은 가는 봄인데
어룰없이 오는 비에 봄은 울어라.
서럽다, 이 나의 가슴속에는!
보라, 높은 구름 나무의 푸릇한 가지.
그러나 해 늦으니 어스름인가.
애달피 고운 비는 그어 오지만
내 몸은 꽃자리에 주저앉아 우노라.

비단안개

눈들이 비단안개에 둘리울 때,
그때는 차마 잊지 못할 때러라.
만나서 울던 때도 그런 날이오,
그리워 미친 날도 그런 때러라.

눈들이 비단안개에 둘리울 때,
그때는 홀목숨은 못살 때러라.
눈 풀리는 가지에 당치맛귀로
젊은 계집 목매고 달릴 때러라.

눈들이 비단안개에 둘리울 때,
그때는 종달새 솟을 때러라.
들에랴, 바다에랴, 하늘에서랴,
알지 못할 무엇에 취할 때러라.

눈들이 비단안개에 둘리울 때,
그때는 차마 잊지 못할 때러라.
첫사랑 있던 때도 그런 날이오
영이별 있던 날도 그런 때러라.

기억

달 아래 시멋 없이 섰던 그 여자,
서 있던 그 여자의 해쓱한 얼굴,
해쓱한 그 얼굴 적이 파릇함.
다시금 실 뻗듯한 가지 아래서
시커먼 머리낄은 번쩍거리며.
다시금 하로밤의 식는 강물을
평양의 긴 단장은 숫고 가던 때.
오오 그 시멋 없이 섰던 여자여!

그립다 그 한밤을 내게 가깝던
그대여 꿈이 깊던 그 한동안을
슬픔에 귀여움에 다시 사랑의
눈물에 우리 몸이 맡기웠던 때.
다시금 고지낙한 성밖 골목의
4월의 늦어가는 뜬눈의 밤을
한두 개 등불 빛은 울어 새던 때.
오오 그 시멋 없이 섰던 여자여!

애모愛慕

왜 아니 오시나요.
영창映窓에는 달빛, 매화꽃이
그림자는 산란히 휘젓는데.
아이. 눈 꽉 감고 요대로 잠을 들자.

저 멀리 들리는 것!
봄철의 밀물소리
물나라의 영롱한 구중궁궐, 궁궐의 오요한 곳,
잠 못드는 용녀龍女의 춤과 노래, 봄철의 밀물 소리.

어두운 가슴속의 구석구석⋯⋯⋯
환연한 거울속에, 봄 구름 잠긴 곳에,
소솔비 나리며, 달무리 둘려라.
이대도록 왜 아니 오시나요. 왜 아니 오시나요.

몹쓸 꿈

봄 새벽의 몹쓸 꿈
깨고 나면!
우짖는 까막까치, 놀라는 소리,
너희들은 눈에 무엇이 보이느냐.

봄철의 좋은 새벽, 풀이슬 맺혔어라.
볼지어다, 세월은 도무지 편안便安한데,
두새없는 저 까마귀, 새들게 우짖는 저 까치야,
나의 흉凶한 꿈 보이느냐?

고요히 또 봄바람은 봄의 빈 들을 지나가며,
이윽고 동산에서는 꽃잎들이 흩어질 때,
말 들어라, 애틋한 이 여자야, 사랑의 때문에는
모두 다 사나운 조짐兆朕인 듯, 가슴을 뒤노아라.

그를 꿈꾼 밤

야밤중, 불빛이 발갛게
어렴풋이 보여라.

들리는 듯, 마는 듯,
발자국 소리
스러져가는 발자국 소리.

아무리 혼자 누워 몸을 뒤채도
잃어버린 잠은 다시 안 와라.

야밤중, 불빛이 발갛게
어렴풋이 보여라.

여자의 냄새

푸른 구름의 옷 입은 달의 냄새.
붉은 구름의 옷 입은 해의 냄새.
아니, 땀 냄새, 때 묻은 냄새,
비에 맞아 추거운 살과 옷 냄새.

푸른 바다········· 어즐이는 배······
보드라운 그리운 어떤 목숨의
조그마한 푸릇한 그무러진 영靈
어우러져 비끼는 살의 아우성·········

다시는 장사葬死 지나간 숲속의 냄새.
유령幽靈 실은 널뛰는 뱃간의 냄새.
생고기의 바다의 냄새.
늦은 봄의 하늘을 떠도는 냄새.

모래 두던 바람은 그물 안개를 불고
먼 거리의 불빛은 달 저녁을 울어라.
냄새 많은 그 몸이 좋습니다.
냄새 많은 그 몸이 좋습니다.

분粉 얼굴

불빛에 떠오르는 새뽀얀 얼굴,
그 얼굴이 보내는 호젓한 냄새,
오고 가는 입술의 주고받는 잔盞,
가느스름한 손길은 아른대어라.

검으스러하면서도 붉으스러한
어렴풋하면서도 다시 분명分明한
줄 그늘 위에 그대의 목소리,
달빛이 수풀 위를 떠 흐르는가.

그대하고 나하고 또는 그 계집
밤에 노는 세 사람, 밤의 세 사람,
다시금 술잔 위의 긴 봄밤은
소리도 없이 창밖으로 새어 빠져라.

아내 몸

들고 나는 밀물에
배 떠나간 자리야 있으랴.
어진 아내인 남의 몸인 그대요
아주, 엄마 엄마라고 불리우기 전에.

굴뚝이기에 연기가 나고
돌바우 안이기에 좀이 들어라.
젊으나 젊으신 청하늘인 그대요,
착한 일 하신 분네는 천당天堂 가옵시리라.

서울 밤

붉은 전등電灯.
푸른 전등.
넓다란 거리면 푸른 전등.
막다른 골목이면 붉은 전등.
전등은 반짝입니다.
전등은 그무립니다.
전등은 또다시 어스렷합니다.
전등은 죽은 듯한 긴 밤을 지킵니다.

나의 가슴의 속 모를 곳의
어둡고 밝은 그 속에서도
붉은 전등이 흐드겨 웁니다.
푸른 전등이 흐드겨 웁니다.

붉은 전등.
푸른 전등.
머나먼 밤하늘은 새캄합니다.
머나먼 밤하늘은 새캄합니다.

서울 거리가 좋다고 해요.
서울 밤이 좋다고 해요.
붉은 전등.
푸른 전등.
나의 가슴의 속 모를 곳의
푸른 전등은 고적孤寂합니다.
붉은 전등은 고적합니다.

가을 아침에

어둑한 퍼스레한 하늘 아래서
회색의 지붕들은 번쩍거리며,
성깃한 섶나무의 드문 수풀을
바람은 오다 가다 울며 만날 때,
보일락 말락하는 멧골에서는
안개가 어스러이 흘러 쌓여라.

아아 이는 찬비 온 새벽이러라.
냇물도 잎새 아래 얼어붙누나.
눈물에 쎄여 오는 모든 기억은
피 흘린 상처조차 아직 새로운
가주 난 아기같이 울며 서두는
내 영靈을 에워싸고 속살거려라.

'그대의 가슴속이 가볍던 날
그리운 그 한때는 언제였었노!'
아아 어루만지는 고운 그 소리
쓰라린 가슴에서 속살거리는,
미움도 부끄럼도 잊은 소리에,
끝없이 하염없이 나는 울어라.

가을 저녁에

물은 희고 길구나, 하늘보다도.
구름은 붉구나, 해보다도.
서럽다, 높아가는 긴 들 끝에
나는 떠돌며 울며 생각한다, 그대를.

그늘 깊이 오르는 발 앞으로
끝없이 나아가는 길은 앞으로.
키 높은 나무 아래로, 물 마을은
성긋한 가지가지 새로 떠오른다.

그 누가 온다고 한 언약言約도 없건마는!
기다려 볼 사람도 없건마는!
나는 오히려 못 물가를 싸고 떠돈다.
그 못물로는 놀이 잦을 때.

반달

희멀끔하여 떠돈다, 하늘 위에,
빛 죽은 반ⲻ달이 언제 올랐나!
바람은 나온다, 저녁은 춥구나,
흰 물가엔 뚜렷이 해가 드누나.

어두컴컴한 풀 없는 들은
찬 안개 위로 떠 흐른다.
아, 겨울은 깊었다, 내 몸에는,
가슴이 무너져 내려앉는 이 설움아!

가는 님은 가슴에 사랑까지 없애고 가고
젊음은 늙음으로 바뀌어 든다.
들가시나무의 밤드는 검은 가지
잎새들만 저녁빛에 희그무러히 꽃 지듯 한다.

4

귀뚜람이

만나려는 심사心思

저녁 해는 지고서 어스름의 길,
저 먼 산山엔 어두워 잃어진 구름,
만나려는 심사는 웬 셈일까요,
그 사람이야 올 길 바이없는데,
발길은 누 마중을 가잔 말이냐.
하늘엔 달 오르며 우는 기러기.

옛 낯

생각의 끝에는 졸음이 오고
그리움의 끝에는 잊음이 오나니,
그대여, 말을 말어라, 이후부터
우리는 옛낯 없는 설움을 모르리.

깊이 믿던 심성心誠

깊이 믿던 심성이 황량한 내 가슴속에,
오고 가는 두서너 구우舊友를 보면서 하는 말이
『이제는, 당신네들도 다 쓸데없구려!』

꿈 2

꿈? 영靈의 헤적임. 설움의 고향.
울자, 내 사랑, 꽃 지고 저무는 봄.

님과 벗

벗은 설움에서 반갑고
님은 사랑에서 좋아라.
딸기꽃 피어서 향기로운 때를
고초苦椒의 붉은 열매 익어가는 밤을
그대여, 부르라, 나는 마시리.

지연紙鳶

오후의 네 길거리 해가 들었다,
시정市井의 첫겨울의 적막함이여,
우둑히 문어귀에 혼자 섰으면,
흰 눈의 잎사귀, 지연紙鳶이 뜬다.

오시는 눈

땅 위에 새하얗게 오시는 눈.
기다리는 날에는 오시는 눈.
오늘도 저 안 온 날 오시는 눈.
저녁불 켤 때마다 오시는 눈.

설움의 덩이

꿇어앉아 올리는 향로의 향불.
내 가슴에 조그만 설움의 덩이.
초닷새 달 그늘에 빗물이 운다.
내 가슴에 조그만 설움의 덩이.

낙천 樂天

살기에 이러한 세상이라고
맘을 그렇게나 먹어야지,
살기에 이러한 세상이라고,
꽃 지고 잎 진 가지에 바람이 운다.

바람과 봄

봄에 부는 바람, 바람 부는 봄,
작은 가지 흔들리는 부는 봄바람,
내 가슴 흔들리는 바람, 부는 봄,
봄이라 바람이라 이 내 몸에는
꽃이라 술잔이라 하며 우노라.

눈

새하얀 흰 눈, 가비얍게 밟을 눈,
재가 타서 날릴 듯 꺼질 듯한 눈,
바람엔 흩어져도 불길에야 녹을 눈.
계집의 마음. 님의 마음.

깊고 깊은 언약

몹쓸은 꿈을 깨어 돌아누울 때,
봄이 와서 맷나물 돋아나올 때,
아름다운 젊은이 앞을 지날 때,
잊어버렸던 듯이 저도 모르게,
얼결에 생각나는 '깊고 깊은 언약'

붉은 조수

바람에 밀려드는 저 붉은 조수
저 붉은 조수가 밀어들 때마다
나는 저 바람 위에 올라서서
푸릇한 구름의 옷을 입고
불같은 저 해를 품에 안고
저 붉은 조수와 나는 함께
뛰놀고 싶구나, 저 붉은 조수와.

남의 나라 땅

돌아다 보이는 무쇠다리
얼결에 띄워 건너서서
숨 고르고 발 놓는 남의 나라 땅.

천리만리 千里萬里

말리지 못할 만치 몸부림하며
마치 천리만리나 가고도 싶은
맘이라고나 하여 볼까.
한줄기 쏜살같이 뻗은 이 길로
줄곧 치달아 올라가면
불붙는 산의, 불붙는 산의
연기는 한두 줄기 피어올라라.

생生과 사死

살았대나 죽었대나 같은 말을 가지고
사람은 살아서 늙어서야 죽나니,
그러하면 그 역시 그럴 듯도 한 일을,
하필코 내 몸이라 그 무엇이 어째서
오늘도 산마루에 올라서서 우느냐.

어인漁人

헛된 줄 모르고나 살면 좋아도!
오늘도 저 너머 편便 마을에서는
고기잡이 배 한 척隻 길 떠났다고.
작년에도 바닷놀이 무서웠건만.

귀뚜람이

산바람 소리.

찬비 듣는 소리.

그대가 세상 고락苦樂 말하는 날 밤에,

순막집 불도 지고 귀뚜람이 울어라.

월색 月色

달빛은 밝고 귀뚜람이 울 때는
우둑히 시멋 없이 잡고 섰던 그대를
생각하는 밤이어, 오오 오늘밤
그대 찾아 데리고 서울로 가나?

5

바다가 변하야 뽕나무밭 된다고

불운에 우는 그대여

불운不運에 우는 그대여, 나는 아노라
무엇이 그대의 불운을 지었는지도,
부는 바람에 날려,
밀물에 흘러,
굳어진 그대의 가슴속도.
모두 지나간 나의 일이면.
다시금 또 다시금
적황赤黃의 포말은 북고여라, 그대의 가슴속의
암청暗靑의 이끼여, 거치른 바위
치는 물가의.

바다가 변하야 뽕나무밭 된다고

걷잡지 못할 만한 나의 이 설움,
저무는 봄 저녁에 져가는 꽃잎,
져가는 꽃잎들은 나부끼어라.
예로부터 일러오며 하는 말에도
바다가 변하야 뽕나무밭 된다고.
그러하다, 아름다운 청춘靑春의 때의
있다던 온갖 것은 눈에 설고
다시금 낯모르게 되나니,
보아라, 그대여, 서럽지 않은가,
봄에도 삼월의 져가는 날에
붉은 피같이도 쏟아져나리는
저기 저 꽃잎들을, 저기 저 꽃잎들을.

황촉黃燭 불

황촉불, 그저도 까맣게
스러져 가는 푸른 창窓을 기대고
소리조차 없는 흰 밤에,
나는 혼자 거울에 얼굴을 묻고
뜻 없이 생각 없이 들여다보노라.
나는 이르노니,『우리 사람들
첫날밤은 꿈속으로 보내고
죽음은 조는 동안에 와서,
별別 좋은 일도 없이 스러지고 말어라』.

맘에 있는 말이라고 다할까 보냐

하소연하며 한숨을 지으며
세상을 괴로워하는 사람들이어!
말을 나쁘지 않도록 좋게 꾸밈은
달라진 이 세상의 버릇이라고, 오오 그대들!
맘에 있는 말이라고 다할까 보냐.
두세 번番 생각하라, 위선爲先 그것이
저부터 밑지고 들어가는 장사일진댄.
사는 법法이 근심은 못 가른다고,
남의 설움을 남은 몰라라.
말 마라, 세상, 세상 사람은
세상에 좋은 이름 좋은 말로써
한 사람을 속옷마저 벗긴 뒤에는
그를 네 길거리에 세워 놓아라, 장승도 마찬가지.
이 무슨 일이냐, 그날로부터,
세상 사람들은 제각기 제 비위脾胃의 헐한 값으로
그의 몸값을 매기자고 덤벼들어라.
오오 그러면, 그대들은 이후에라도
하늘을 우러르라, 그저 혼자, 섧거나 괴롭거나.

훗길

어버이 님네들이 외우는 말이
『딸과 아들을 기르기는
훗길을 보자는 심성心誠이로라.』.
그러하다, 분명히 그네들도
두 어버이 틈에서 생겼어라.
그러나 그 무엇이냐, 우리 사람!
손 들어 가르치던 먼 훗날에
그네들이 또다시 자라 커서
한결같이 외우는 말이
『훗길을 두고 가자는 심성으로
아들딸을 늙도록 기르노라.』.

부부

오오 아내여, 나의 사랑!
하늘이 묶어준 짝이라고
믿고 살음이 마땅치 아니한가.
아직 다시 그러랴, 안 그러랴?
이상하고 별나운 사람의 맘,
저 몰라라, 참인지, 거짓인지?
정분情分으로 얽은 딴 두 몸이라면.
서로 어그점인들 또 있으랴.
한평생限平生이라도 반백년半百年
못 사는 이 인생人生에!
연분緣分의 긴 실이 그 무엇이랴?
나는 말하려노라, 아무려나,
죽어서도 한곳에 묻히더라.

나의 집

들가에 떨어져 나가 앉은 멧기슭의
넓은 바다의 물가 뒤에,
나는 지으리, 나의 집을,
다시금 큰길을 앞에다 두고.
길로 지나가는 그 사람들은
제각금 떨어져서 혼자 가는 길.
하이얀 여울턱에 날은 저물 때.
나는 문간에 서서 기다리리
새벽 새가 울며 지새는 그늘로
세상은 희게, 또는 고요하게,
번쩍이며 오는 아침부터,
지나가는 길손을 눈여겨보며,
그대인가고, 그대인가고.

새벽

낙엽이 발이 숨는 못물가에
우뚝우뚝한 나무 그림자
물빛조차 어슴프러이 떠오르는데,
나 혼자 섰노라, 아직도 아직도,
동녘 하늘은 어두운가.
천인天人에도 사랑 눈물, 구름 되어,
외로운 꿈의 베개 흐렸는가
나의 님이여, 그러나 그러나
고이도 불그스레 물질러 와라
하늘 밟고 저녁에 섰는 구름.
반달은 중천에 지새일 때.

구름

저기 저 구름을 잡아타면
붉게도 피로 물든 저 구름을,
밤이면 새카만 저 구름을.
잡아타고 내 몸은 저 멀리로
구만리 긴 하늘을 날아 건너
그대 잠든 품속에 안기렸더니,
애스러라, 그리는 못한대서
그대여, 들으라 비가 되어
저 구름이 그대한테로 나리거든,
생각하라, 밤저녁, 내 눈물을.

여름의 달밤

서늘하고 달 밝은 여름밤이어
구름조차 희미한 여름밤이어
그지없이 거룩한 하늘로서는
젊음의 붉은 이슬 젖어 내려라.

행복의 맘이 도는 높은 가지의
아슬아슬 그늘 잎새를
배불러 기어 도는 어린 벌레도
아아 모든 물결은 복福 받았어라.

뻗어 뻗어 오르는 가시덩굴도
희미하게 흐르는 푸른 달빛이
기름 같은 연기煙氣에 멱 감을러라.
아아 너무 좋아서 잠 못 들어라.

우긋한 풀대들은 춤을 추면서
갈잎들은 그윽한 노래 부를 때.
오오 내려 흔드는 달빛 가운데
나타나는 영원永遠을 말로 새겨라.

자라는 물벼 이삭 벌에서 불고
마을로 은銀 슷듯이 오는 바람은
눅잣추는 향기를 두고 가는데
인가人家들은 잠들어 고요하여라.

하루 종일 일하신 아기 아버지
농부들도 편안히 잠들었어라.
영 기슭의 어득한 그늘 속에선
쇠스랑과 호미뿐 빛이 피어라.

이윽고 식새리의 우는 소리는
밤이 들어가면서 더욱 잦을 때
나락밭 가운데의 우물 물가에는
농녀農女의 그림자가 아직 있어라.

달빛은 그무리며 넓은 우주宇宙에
잃어졌다 나오는 푸른 별이요.
식새리의 울음의 넘는 곡조曲調요.
아아 기쁨 가득한 여름밤이어.

삼간집에 불붙는 젊은 목숨의
정열情熱에 목 맺히는 우리 청춘은
서늘한 여름밤 잎새 아래의
희미한 달빛 속에 나부끼어라.

한때의 자랑 많은 우리들이어
농촌農村에서 지나는 여름보다도
여름의 달밤보다 더 좋은 것이
인간人間에 이 세상에 다시 있으랴.

조그만 괴로움도 내어 버리고
고요한 가운데서 귀 기울이며
흰 달의 금물결에 노櫓를 저어라
푸른 밤의 하늘로 목을 놓아라.

아아 찬양讚揚하여라 좋은 한때를
흘러가는 목숨을 많은 행복幸福을.
여름의 어스러한 달밤 속에서
꿈같은 즐거움의 눈물 흘러라.

오는 봄

봄날이 오리라고 생각하면서
쓸쓸한 긴 겨울을 지나보내라.
오늘 보니 백양白楊의 뻗은 가지에
전에 없이 흰 새가 앉아 울어라.

그러나 눈이 깔린 두던 밑에는
그늘이냐 안개냐 아지랑이냐.
마을들은 곳곳이 움직임 없이
저편 하늘 아래서 평화롭건만.

새들게 지껄이는 까치의 무리.
바다를 바라보며 우는 까마귀.
어디로써 오는지 종경 소리는
젊은 아기 나가는 조곡弔曲일러라.

보라 때에 길손도 머뭇거리며
지향 없이 갈 발이 곳을 몰라라.
사무치는 눈물은 끝이 없어도
하늘을 쳐다보는 살음의 기쁨.

저마다 외로움의 깊은 근심이
오도 가도 못하는 망상거림에
오늘은 사람마다 님을 여이고
곳을 잡지 못하는 설움일러라.

오기를 기다리는 봄의 소리는
때로 여윈 손끝을 울릴지라도
수풀 밑에 서리운 머리칼들은
걸음 걸음 괴로이 발에 감겨라.

물마름

주으린 새무리는 마른 나무의
해지는 가지에서 재갈이던 때.
온종일 흐르던 물 그도 곤困하여
놀 지는 골짜기에 목이 메던 때.

그 누가 알았으랴 한쪽 구름도
걸려서 흐득이는 외로운 영嶺을
숨차게 올라서는 여윈 길손이
달고 쓴 맛이라면 다 겪은 줄을.

그곳이 어디더냐 남이장군南怡將軍이
말 먹여 물 찌었던 푸른 강물이
지금에 다시 흘러 뚝을 넘치는
천백리 두만강이 예서 백십리.

무산茂山의 큰 고개가 예가 아니냐
누구나 예로부터 의義를 위하여
싸우다 못 이기면 몸을 숨겨서
한때의 못난이가 되는 법이라.

그 누가 생각하랴 삼백년래三百年來에
차마 받지 다 못할 한恨과 모욕을
못 이겨 칼을 잡고 일어섰다가
인력人力의 다함에서 스러진 줄을.

부러진 대쪽으로 활을 메우고
녹슬은 호미쇠로 칼을 벼려서
다독茶毒된 삼천리에 북을 울리며
정의正義의 기旗를 들던 그 사람이어.

그 누가 기억하랴 다북동茶北洞에서
피 물든 옷을 입고 외치던 일을
정주성定州城 하룻밤의 지는 달빛에
애그친 그 가슴이 숯기 된 줄을.

물 위의 뜬 마름에 아침 이슬을
불붙는 산마루에 피었던 꽃을
지금에 우러르며 나는 우노라
이루며 못 이룸에 박薄한 이름을.

6

바
리
운
몸

우리 집

이바루
외따로 와 지나는 사람 없으니
『밤 자고 가자』하며 나는 앉어라.

저 멀리, 하늘 편에
배는 떠나 나가는
노래 들리며

눈물은
흘러나려라
스르르 나려 감는 눈에.

꿈에도 생시에도 눈에 선한 우리 집
또 저 산山 넘어 넘어
구름은 가라.

들돌이

들꽃은
피어
흩어졌어라.

들풀은
들로 한 벌 가득히 자라 높았는데
뱀의 헐벗은 묵은 옷은
길 분전의 바람에 날아돌아라.

저 보아, 곳곳이 모든 것은
번쩍이며 살아 있어라.
두 나래 펼쳐 떨며
소리개도 높이 떴어라.

때에 이내 몸
가다가 또다시 쉬기도 하며,
숨에 찬 내 가슴은
기쁨으로 채워져 사뭇 넘쳐라.

걸음은 다시금 또 더 앞으로…………

바리운 몸

꿈에 울고 일어나
들에
나와라.

들에는 소슬비
머구리는 울어라.
들 그늘 어두운데

뒷짐지고 땅 보며 머뭇거릴 때.

누가 반딧불 꾀어드는 수풀 속에서
『간다 잘 살어라』하며, 노래 불러라.

엄숙

나는 혼자 뫼 위에 올랐어라.
솟아 퍼지는 아침 햇볕에
풀잎도 번쩍이며
바람은 속삭여라.
그러나
아아 내 몸의 상처傷處받은 맘이어
맘은 오히려 저프고 아픔에 고요히 떨려라
또 다시금 나는 이 한때에
사람에게 있는 엄숙을 모두 느끼면서.

바라건대는 우리에게
우리의 보습 대일 땅이 있었더면

나는 꿈꾸었노라, 동무들과 내가 가지런히
벌가의 하루 일을 다 마치고
석양에 마을로 돌아오는 꿈을,
즐거이, 꿈 가운데.

그러나 집 잃은 내 몸이어,
바라건대는 우리에게 우리의 보습 대일 땅이 있었더면!
이처럼 떠돌으랴, 아침에 저물 손에
새라새로운 탄식을 얻으면서.

동이랴, 남북이랴,
내 몸은 떠가나니. 볼지어다,
희망의 반짝임은, 별빛이 아득임은.
물결뿐 떠올라라, 가슴에 팔다리에.

그러나 어쩌면 황송한 이 심정을! 날로 나날이 내 앞에는
자칫 가느른 길이 이어가라. 나는 나아가리라
한 걸음, 또 한 걸음. 보이는 산비탈엔
온 새벽 동무들 저저 혼자……… 산경山耕을 김매는.

밭고랑 위에서

우리 두 사람은
키 높이 가득 자란 보리밭, 밭고랑 위에 앉았어라.
일을 필鵯하고 쉬이는 동안의 기쁨이어.
지금 두 사람의 이야기에는 꽃이 필 때.

오오 빛나는 태양은 나려 쪼이며
새 무리들도 즐거운 노래, 노래 불러라.
오오 은혜여, 살아 있는 몸에는 넘치는 은혜여,
모든 은근스러움이 우리의 맘속을 차지하여라.

세계의 끝은 어디? 자애의 하늘은 넓게도 덮였는데,
우리 두 사람은 일하며, 살아 있어서,
하늘과 태양을 바라보아라, 날마다 날마다도,
새라새로운 환희를 지어내며, 늘 같은 땅 위에서.

다시 한 번 활기 있게 웃고 나서, 우리 두 사람은
바람에 일리우는 보리밭 속으로
호미 들고 들어갔어라, 가즈란히 가즈란히,
걸어 나아가는 기쁨이어, 오오 생명의 향상이어.

저녁때

마소의 무리와 사람들은 돌아들고, 적적히 빈 들에,
엉머구리 소리 우거져라.
푸른 하늘은 더욱 낫추, 먼 산 비탈길 어둔데
우뚝우뚝한 드높은 나무, 잘 새도 깃들어라.

볼수록 넓은 벌의
물빛을 물끄럼히 들여다보며
고개 수그리고 박은 듯이 홀로 서서
긴 한숨을 짓느냐. 왜 이다지!

온 것을 아주 잊었어라, 깊은 밤 예서 함께
몸이 생각에 가비업고, 맘이 더 높이 떠오를 때.
문득, 멀지 않은 갈숲 새로
별빛이 솟구어라.

합장合掌

나들이. 단 두 몸이라. 밤빛은 배여 와라.
아, 이거 봐, 우거진 나무 아래로 달 들어라.
우리는 말하며 걸었어라, 바람은 부는 대로.

등불 빛에 거리는 헤적여라, 희미한 하늘 편에
고이 밝은 그림자 아득이고
퍽도 가까운, 풀밭에서 이슬이 번쩍여라.

밤은 막 깊어, 사방四方은 고요한데,
이마적, 말도 안하고, 더 안 가고,
길가에 우두커니. 눈감고 마주 서서.

먼먼 산. 산 절의 절 종소리. 달빛은 지새어라.

묵념默念

이슥한 밤, 밤기운 서늘할 제
홀로 창턱에 걸터앉아, 두 다리 늘이우고,
첫 머구리 소리를 들어라.
애처롭게도, 그대는 먼저 혼자서 잠드누나.

내 몸은 생각에 잠잠할 때. 희미한 수풀로써
촌가村家의 액막이 제祭지내는 불빛은 새어오며,
이윽고, 비난수도 머구리 소리와 함께 잦아져라.
가득히 차오는 내 심령心靈은……… 하늘과 땅 사이에.

나는 무심히 일어 걸어 그대의 잠든 몸 위에 기대어라
움직임 다시없이, 만뢰萬籟는 구적俱寂한데,
조요熙耀히 내려비추는 별빛들이
내 몸을 이끌어라, 무한無限히 더 가깝게.

열락 悅樂

어둡게 깊게 목메인 하늘.
꿈의 품속으로서 굴러나오는
애달피 잠 안오는 유령幽靈의 눈결.
그림자 검은 개버드나무에
쏟아져 내리는 비의 줄기는
흐느껴 비끼는 주문呪文의 소리.

시커먼 머리채 풀어헤치고
아우성하면서 가시는 따님.
헐벗은 벌레들은 꿈틀일 때,
흑혈黑血의 바다. 고목枯木 동굴洞窟.

탁목조啄木鳥의
쪼아리는 소리, 쪼아리는 소리.

무덤

그 누가 나를 헤내는 부르는 소리
붉으스름한 언덕, 여기저기
돌무더기도 움직이며, 달빛에,
소리만 남은 노래 서리워 엉겨라,
옛 조상들의 기록을 묻어둔 그곳!
나는 두루 찾노라, 그곳에서,
형적 없는 노래 흘러 퍼져,
그림자 가득한 언덕으로 여기저기,
그 누구가 나를 헤내는 부르는 소리
부르는 소리, 부르는 소리,
내 넋을 잡아끌어 헤내는 부르는 소리.

비난수하는 맘

함께하려노라, 비난수하는 나의 맘,
모든 것을 한 짐에 묶어 가지고 가기까지,
아침이면 이슬 맞은 바위의 붉은 줄로,
기어오르는 해를 바라다보며, 입을 벌리고.

떠돌아라, 비난수하는 맘이어, 갈매기같이,
다만 무덤뿐이 그늘을 어른이는 하늘 위를,
바닷가의, 잃어버린 세상의 있다던 모든 것들은
차라리 내 몸이 죽어 가서 없어진 것만도 못하건만.

또는 비난수하는 나의 맘, 헐벗은 산 위에서,
떨어진 잎 타서 오르는, 냇내의 한 줄기로,
바람에 나부끼라 저녁은, 흩어진 거미줄의
밤에 매던 이슬은 곧 다시 떨어진다고 할지라도.

함께하려 하노라, 오오 비난수하는 나의 맘이어,
있다가 없어지는 세상에는
오직 날과 날이 닭소리와 함께 달아나 버리며,
가까웁는, 오오 가까웁는 그대뿐이 내게 있거라!

찬 저녁

퍼르스럿한 달은, 성황당의
데군데군 헐어진 담 모도리에
우둑히 걸리웠고, 바위 위의
까마귀 한 쌍, 바람에 나래를 펴라.

엉긔한 무덤들은 들먹거리며,
눈 녹아 황토 드러난 멧기슭의,
여긔라, 거리 불빛도 떨어져 나와,
집 짓고 들었노라, 오오 가슴이여

세상은 무덤보다도 다시 멀고
눈물은 물보다 더 더움이 없어라.
오오 가슴이여, 모닥불 피어오르는
내 한세상, 마당가의 가을도 갔어라.

그러나 나는, 오히려 나는
소리를 들어라, 눈석이물이 씨거리는,
땅 위에 누워서, 밤마다 누워,
담 모도리에 걸린 달을 내가 또 봄으로.

초혼 招魂

산산이 부서진 이름이어!
허공중에 헤어진 이름이어!
불러도 주인 없는 이름이어!
부르다가 내가 죽을 이름이어!

심중에 남아 있는 말 한마디는
끝끝내 마저 하지 못하였구나.
사랑하던 그 사람이어!
사랑하던 그 사람이어!

붉은 해는 서산마루에 걸리었다.
사슴이의 무리도 슬피 운다.
떨어져 나가 앉은 산 위에서
나는 그대의 이름을 부르노라.

설움에 겹도록 부르노라.
설움에 겹도록 부르노라.
부르는 소리는 비껴가지만
하늘과 땅 사이가 너무 넓구나.

선 채로 이 자리에 돌이 되어도
부르다가 내가 죽을 이름이어!
사랑하던 그 사람이어!
사랑하던 그 사람이어!

여수旅愁

1.

유월 어스름 때의 빗줄기는
암황색의 시골屍骨을 묶어 세운 듯,
뜨며 흐르며 잠기는 손의 널 쪽은
지향支向도 없어라, 단청丹青의 홍문紅門!

2.

저 오늘도 그리운 바다,
건너다보자니 눈물겨워라!
조그마한 보드라운 그 옛적 심정心情의
분결 같던 그대의 손의
사시나무보다도 더한 아픔이
내 몸을 에워싸고 휘떨며 찔러라,
나서 자란 고향의 해돋는 바다요.

7

진달래꽃

개여울의 노래

그대가 바람으로 생겨났으면!
달 돋는 개여울의 빈 들 속에서
내 옷의 앞자락을 불기나 하지.

우리가 굼벵이로 생겨났으면!
비 오는 저녁 캄캄한 영 기슭의
미욱한 꿈이나 꾸어를 보지.

만일에 그대가 바다 난 끝의
벼랑에 돌로나 생겨났다면,
둘이 안고 굴며 떨어나지지.

만일에 나의 몸이 불귀신이면
그대의 가슴속을 밤도와 태워
둘이 함께 재 되어 스러지지.

길

어제도 하룻밤
나그네 길에
까마귀 가왁가왁 울며 새었소.

오늘은
또 몇십 리 어디로 갈까.

산으로 올라갈까
들로 갈까
오라는 곳이 없어 나는 못 가오.

말 마소 내 집도
정주定州 곽산郭山
차 가고 배 가는 곳이라오.

여보소 공중에
저 기러기
공중엔 길 있어서 잘 가는가?

여보소 공중에
저 기러기
열십자 복판에 내가 섰소.

갈래갈래 갈린 길
길이라도
내게 바이 갈 길은 하나 없소.

개여울

당신은 무슨 일로
그리합니까?
홀로이 개여울에 주저앉아서

파릇한 풀포기가
돋아나오고
잔물은 봄바람에 해적일 때에

가도 아주 가지는
않노라시던
그러한 약속이 있었겠지요

날마다 개여울에
나와 앉아서
하염없이 무엇을 생각합니다

가도 아주 가지는
않노라심은
굳이 잊지 말라는 부탁인지요

가는 길

그립다
말을 할까
하니 그리워

그냥 갈까
그래도
다시 더 한 번……

저 산에도 까마귀, 들에 까마귀,
서산에는 해 진다고
지저귑니다.

앞 강물, 뒷 강물,
흐르는 물은
어서 따라오라고 따라가자고
흘러도 연달아 흐릅디다려.

원앙침鴛鴦枕

바드득 이를 갈고
죽어볼까요
창가에 아롱아롱
달이 비춘다.

눈물은 새우잠의
팔굽베개요
봄꿩은 잠이 없어
밤에 와 운다.

두동달이 베개는
어디 갔는고
언제는 둘이 자던 베갯머리에
'죽자 사자' 언약도 하여 보았지.

봄메의 멧기슭에
우는 접동도
내 사랑 내 사랑
좋이 울겄다.

두동달이 베개는
어디 갔는고
창가에 아롱아롱
달이 비춘다.

왕십리往十里

비가 온다
오누나
오는 비는
올지라도 한 닷새 왔으면 좋지.

여드레 스무날엔
온다고 하고
초하루 삭망朔望이면 간다고 했지.
가도 가도 왕십리 비가 오네.

웬걸, 저 새야
울려거든
왕십리 건너가서 울어나다고,
비 맞아 나른해서 벌새가 운다.

천안天安에 삼거리 실버들도
촉촉히 젖어서 늘어졌다네.
비가 와도 한 닷새 왔으면 좋지.
구름도 산마루에 걸려서 운다.

무심 無心

시집와서 삼년
오는 봄은
거친 벌 난벌에 왔습니다

거친 벌 난벌에 피는 꽃은
졌다가도 피노라 이릅디다
소식 없이 기다린
이태 삼년

바로 가던 앞 강이 간 봄부터
구비 돌아 휘돌아 흐른다고
그러나 말 마소, 앞 여울의
물빛은 예대로 푸르렀소

시집와서 삼년
어느 때나
터진 개 개여울의 여울물은
거친 벌 난벌에 흘렀습니다.

산

산새도 오리나무
위에서 운다
산새는 왜 우노, 시메산골
영嶺 넘어갈라고 그래서 울지.

눈은 나리네, 와서 덮이네.
오늘도 하룻길
칠팔십 리
돌아서서 육십 리는 가기도 했소.

불귀不歸, 불귀, 다시 불귀,
삼수갑산에 다시 불귀.
사나이 속이라 잊으련만,
십오 년 정분을 못 잊겠네

산에는 오는 눈, 들에는 녹는 눈.
산새도 오리나무
위에서 운다.
삼수갑산 가는 길은 고개의 길.

진달래꽃

나 보기가 역겨워
가실 때에는
말없이 고이 보내 드리오리다

영변寧邊에 약산藥山
진달래꽃
아름 따다 가실 길에 뿌리오리다

가시는 걸음걸음
놓인 그 꽃을
사뿐히 즈려밟고 가시옵소서

나 보기가 역겨워
가실 때에는
죽어도 아니 눈물 흘리오리다

삭주구성朔州龜城

물로 사흘 배 사흘
먼 삼천리
더더구나 걸어 넘는 먼 삼천리
삭주구성은 산을 넘은 육천리요

물 맞아 함빡이 젖은 제비도
가다가 비에 걸려 오노랍니다
저녁에는 높은 산
밤에 높은 산

삭주구성은 산 넘어
먼 육천리
가끔가끔 꿈에는 사오천리
가다 오다 돌아오는 길이겠지요

서로 떠난 몸이길래 몸이 그리워
님을 둔 곳이길래 곳이 그리워
못 보았소 새들도 집이 그리워
남북으로 오며 가며 아니합디까

들 끝에 날아가는 나는 구름은
밤쯤은 어디 바로 가 있을 텐고
삭주구성은 산 넘어
먼 육천리

널

성촌城村의 아가씨들
널 뛰노나
초파일 날이라고
널을 뛰지요

바람 불어요
바람이 분다고!
담 안에는 수양垂楊의 버드나무
채색彩色줄 층층層層그네 매지를 말아요

담 밖에는 수양의 늘어진 가지
늘어진 가지는
오오 누나!
휘젓이 늘어져서 그늘이 깊소.

좋다 봄날은
몸에 겹지
널뛰는 성촌의 아가씨네들
널은 사랑의 버릇이라오

춘향과 이도령

평양에 대동강은
우리나라에
곱기로 으뜸가는 가람이지요

삼천리 가다가다 한가운데는
우뚝한 삼각산이
솟기도 했소

그래 옳소 내 누님, 오오 누이님
우리나라 섬기던 한 옛적에는
춘향과 이도령도 살았다지요

이편에는 함양, 저편에는 담양
꿈에는 가끔가끔 산을 넘어
오작교 찾아찾아 가기도 했소

그래 옳소 누이님 오오 내 누님
해 돋고 달 돌아 남원땅에는
성춘향 아가씨가 살았다지요

접동새

접동
접동
아우래비 접동

진두강津頭江 가람가에 살던 누나는
진두강 앞마을에
와서 웁니다

옛날, 우리나라
먼 뒤쪽의
진두강 가람가에 살던 누나는
의붓어미 시샘에 죽었습니다

누나라고 불러보랴
오오 불설워
시새움에 몸이 죽은 우리 누나는
죽어서 접동새가 되었습니다

아홉이나 남아 되던 오랩동생을
죽어서도 못 잊어 차마 못 잊어
야삼경夜三更 남 다 자는 밤이 깊으면
이 산 저 산 옮아가며 슬피 웁니다

집 생각

산山에나 올라서서
바다를 보라
사면四面에 백百열리里, 창파滄波 중에
객선客船만 둥둥…… 떠나간다.

명산대찰名山大刹이 그 어디메냐
향안香案, 향합香盒, 대그릇에,
석양이 산머리 넘어가고
사면에 백열리, 물소리라

『젊어서 꽃 같은 오늘날로
금의錦衣로 환고향還故鄕하옵소사.』
객선만 둥둥…… 떠나간다
사면에 백열리, 나 어찌 갈까

까투리도 산속에 새끼치고
타관만리他關萬里에 와 있노라고
산중만 바라보며 목메인다
눈물이 앞을 가리운다고

들에나 내려오면
처다보라
해님과 달님이 넘나든 고개
구름만 첩첩…… 떠돌아간다

산유화

산에는 꽃 피네
꽃이 피네
갈 봄 여름 없이
꽃이 피네

산에
산에
피는 꽃은
저만치 혼자서 피어 있네

산에서 우는 작은 새요
꽃이 좋아
산에서
사노라네

산에는 꽃 지네
꽃이 지네
갈 봄 여름 없이
꽃이 지네

꽃촉燭불 켜는 밤

꽃촉불 켜는 밤, 깊은 골방에 만나라.
아직 젊어 모를 몸, 그래도 그들은
'해 달같이 밝은 맘, 저저마다 있노라.'
그러나 사랑은 한두 번만 아니라, 그들은 모르고.

꽃촉불 켜는 밤, 어스러한 창 아래 만나라.
아직 앞길 모를 몸, 그래도 그들은
'솔대같이 굳은 맘, 저저마다 있노라.'
그러나 세상은, 눈물 날 일 많아라, 그들은 모르고.

부귀공명富貴功名

거울 들어 마주 온 내 얼굴을
좀 더 미리부터 알았던들!
늙는 날 죽는 날을
사람은 다 모르고 사는 탓에,
오오 오직 이것이 참이라면,
그러나 내 세상이 어디인지?
지금부터 두여덟 좋은 연광年光
다시 와서 내게도 있을 말로
전前보다 좀 더 전前보다 좀 더
살음즉이 살런지 모르런만.
거울 들어 마주 온 내 얼굴을
좀 더 미리부터 알았던들!

추회 追悔

나쁜 일까지라도 생生의 노력,
그 사람은 선사善事도 하였어라
그러나 그것도 허사虛事라고!
나 역시 알지마는, 우리들은
끝끝내 고개를 넘고 넘어
짐 싣고 닫던 말도 순막집의
허청虛廳가, 석양夕陽 손에
고요히 조으는 한때는 다 있나니.
고요히 조으는 한때는 다 있나니.

무신無信

그대가 돌이켜 물을 줄도 내가 아노라,
『무엇이 무신無信함이 있더냐?』하고,
그러나 무엇하랴 오늘날은
야속히도 당장에 우리 눈으로
볼 수 없는 그것을, 물과 같이
흘러가서 없어진 맘이라고 하면.

검은 구름은 멧기슭에서 어정거리며,
애처롭게도 우는 산山의 사슴이
내 품에 속속들이 붙안기는 듯.
그러나 밀물도 쎄이고 밤은 어두워
닻 주었던 자리는 알 길이 없어라.
시정市井의 흥정 일은
외상外上으로 주고받기도 하건마는.

꿈길

물구슬의 봄 새벽 아득한 길
하늘이며 들 사이에 넓은 숲
젖은 향기 불긋한 잎 위의 길
실그물의 바람 비쳐 젖은 숲
나는 걸어가노라 이러한 길
밤저녁의 그늘진 그대의 꿈
흔들리는 다리 위 무지개 길
바람조차 가을 봄 걷히는 꿈

사노라면 사람은 죽는 것을

하루라도 몇 번씩 내 생각은
내가 무엇하려고 살려는지?
모르고 살았노라, 그럴 말로
그러나 흐르는 저 냇물이
흘러가서 바다로 든댈진댄.
일로조차 그러면, 이 내 몸은
애쓴다고는 말부터 잊으리라.
사노라면 사람은 죽는 것을
그러나, 다시 내 몸,
봄빛의 불붙는 사태흙에
집 짓는 저 개아미
나도 살려 하노라, 그와 같이
사는 날 그날까지
살음에 즐거워서,
사는 것이 사람의 본뜻이면
오오 그러면 내 몸에는
다시는 애쓸 일도 더 없어라
사노라면 사람은 죽는 것을.

하다못해 죽어 달려가 올라

아주 나는 바랄 것 더 없노라
빛이랴 허공이랴,
소리만 남은 내 노래를
바람에나 띄워서 보낼밖에.
하다못해 죽어 달려가 올라
좀 더 높은 데서나 보았으면!

한세상 다 살아도
살은 뒤 없을 것을,
내가 다 아노라 지금까지
살아서 이만큼 자랐으니.
예전에 지나 본 모든 일을
살았다고 이를 수 있을진댄!

물가의 닳아져 널린 굴꺼풀에
붉은 가시덤불 뻗어 늙고
어득어득 저문 날을
비바람에 울지는 돌무더기
하다못해 죽어 달려가 올라
밤의 고요한 때라도 지켰으면!

희망希望

날은 저물고 눈이 나려라
낯설은 물가로 내가 왔을 때.
산속의 올ㅡ빼미 울고 울며
떨어진 잎들은 눈 아래로 깔려라.

아아 숙살肅殺스러운 풍경이여
지혜의 눈물을 내가 얻을 때!
이제금 알기는 알았건마는!
이 세상 모든 것을
한갓 아름다운 눈어림의
그림자뿐인 줄을.

이울어 향기香氣 깊은 가을밤에
우무주러진 나무 그림자
바람과 비가 우는 낙엽落葉 위에.

전망展望

부엿한 하늘, 날도 채 밝지 않았는데,
흰 눈이 우멍구멍 쌓인 새벽,
저 남 편便 물가 위에
이상한 구름은 층층대層層臺 떠올라라.

마을 아기는
무리 지어 서재書齋로 올라들 가고,
시집살이하는 젊은이들은
가끔가끔 우물길 나들어라.

소삭蕭索한 난간欄干 위를 거닐으며
내가 볼 때 온 아침, 내 가슴의,
좁혀 옮긴 그림장張이 한 옆을,
한갓 더운 눈물로 어룽지게.

어깨 위에 총銃 매인 사냥바치
반백半白의 머리털에 바람 불며
한 번 달음박질. 올 길 다 왔어라.
흰 눈이 만산편야滿山遍野에 쌓인 아침.

나는 세상모르고 살았노라

『가고 오지 못한다』 하는 말을
철없던 내 귀로 들었노라.
만수산萬壽山을 나서서
옛날에 갈라선 그 내 님도
오늘날 뵈올 수 있었으면.

나는 세상모르고 살았노라,
고락苦樂에 겨운 입술로는
같은 말도 조금 더 영리怜悧하게
말하게도 지금은 되었건만.
오히려 세상모르고 살았으면!

『돌아서면 무심타』고 하는 말이
그 무슨 뜻인 줄을 알았으랴.
제석산啼昔山 붙는 불은 옛날에 갈라선 그 내 님의
무덤엣 풀이라도 태웠으면!

8

금잔디

금잔디

잔디,
잔디,
금잔디,
심심산천深深山川에 붙는 불은
가신 님 무덤가에 금잔디
봄이 왔네, 봄빛이 왔네
버드나무 끝에도 실가지에.
봄빛이 왔네, 봄날이 왔네
심심산천에도 금잔디에.

강촌江村

날 저물고 돋는 달에
흰 물은 쏼쏼………
금모래 반짝……….
청靑노새 몰고 가는 낭군郞君!
여기는 강촌江村
강촌에 내 몸은 홀로 사네.
말하자면, 나도 나도
늦은 봄 오늘이 다 진盡토록
백년처권百年妻眷을 울고 가네.
길쎄 저문 나는 선비,
당신은 강촌에 홀로된 몸.

첫 치마

봄은 가나니 저문 날에,
꽃은 지나니 저문 봄에,
속없이 우나니, 지는 꽃을,
속없이 느끼나니 가는 봄을.
꽃 지고 잎 진 가지를 잡고
미친 듯 우나니, 집 난 이는
해 다 지고 저문 봄에
허리에도 감은 첫 치마를
눈물로 함빡이 쥐어짜며
속없이 우노나 지는 꽃을,
속없이 느끼노나, 가는 봄을.

달맞이

정월 대보름날 달맞이,
달맞이 달마중을, 가자고!
새라새 옷은 갈아입고도
가슴엔 묵은 설움 그대로,
달맞이 달마중을, 가자고!
달마중 가자고 이웃집들!
산 위에 수면水面에 달 솟을 때,
돌아들 가자고 이웃집들!
모작별 삼성이 떨어질 때.
달맞이 달마중을 가자고!
다니던 옛 동무 무덤가에
정월 대보름날 달맞이!

엄마야 누나야

엄마야 누나야 강변 살자,
뜰에는 반짝이는 금모래빛,
뒷문 밖에는 갈잎의 노래
엄마야 누나야 강변 살자.

닭은 꼬꾸요

닭은 꼬꾸요, 꼬꾸요 울 제,
헛잡으니 두 팔은 밀려났네.
애도 타리만치 기나긴 밤은⋯⋯⋯
꿈 깨친 뒤엔 감도록 잠 아니 오네.

위에는 청초靑草 언덕, 곳은 깁섬,
엊저녁 대인 남포南浦 뱃간.
몸을 잡고 뒤재며 누웠으면
솜솜하게도 감도록 그리워 오네.

아무리 보아도
밝은 등燈불, 어스렷한데.
감으면 눈 속엔 흰 모래밭,
모래에 어린 안개는 물위에 슬 제

대동강大同江 뱃나루에 해 돋아 오네

사
랑
의
선
물

차안서 선생 삼수갑산운三水甲山韻

삼수갑산 내 왜 왔노 삼수갑산이 어디뇨.
오고나니 기험타 아아 물도 많고 산 첩첩이라 아하하

내 고향을 도로 가자 내 고향을 내 못가네.
삼수갑산 멀더라 아아 촉도지난蜀道之難이 예로구나 아하하

삼수갑산 이 어디뇨, 내가 오고 내 못가네
불귀로다 내 고향아 새가 되면 떠나리라 아하하

님 계신 곳 내 고향을 내 못가네 내 못가네,
오다가다 야속타 아아 삼수갑산이 날 가두었네 아하하

내 고향을 가고 지고 오호 삼수갑산 날 가두었네.
불귀로다 내 몸이야 아아 삼수갑산 못 벗어난다 아하하

벗 마을

흰 꽃잎 조각조각 흩어지는데
줄로 선 버드나무 동구 앞에서
달밤에 눈 맞으며 놓기 어려워
붙잡고 울던 일도 있었더니라

삼 년 후 다시 보자 서로 말하고
어두운 물결 위로 몸을 맡기며
부두의 너풀리는 붉은 깃발을
에이는 마음으로 여겼더니라

손의 집 단칸방에 밤이 깊었고
젊음의 불심지가 마저 그무는
사람의 있는 설움 말을 다하는
참아 할 상면까지 보았더니라

쓸쓸한 고개고개 아홉 고개를
비로소 넘어가서 땅에 묻히는
한줌의 흙집 위에 뿌리는 비를
모두 다로 보기도 하였더니라

끝끝내 첫 상종을 믿었던 것이
모두 다 지금 와서 내 가슴에는
무더기 또 무더기 그 한구석의
거친 두던만을 지을 뿐이라

지금도 고요한 잠자리 속에서
진땀에 떠서 듣는 창지窓紙소리는
갈대말 타고 노던 예전 그날에
어두운 그림자가 나리더니라

맘에 속의 사람

잊힐 듯이 볼 듯이 늘 보던 듯이
그립기도 그리운 참말 그리운
이 나의 맘에 속에 속 모를 곳에
늘 있는 그 사람을 내가 압니다.

인제도 인제라도 보기만 해도
다시 없이 살뜰할 그 내 사람은
한두 번만 아니게 본 듯하여서
나자부터 그리운 그 사람이요.

남은 다 어림없다 이를지라도
속에 깊이 있는 것 어찌하는가,
하나 진작 낯모를 그 내 사람은
다시 없이 알뜰한 그 내 사람은

나를 못 잊어하여 못 잊어하여
애타는 그 사랑이 눈물이 되어,
한끝 만나리 하는 내 몸을 가져
몹쓸음을 둔 사람, 그 나의 사람……

나무리벌 노래

신재령新載寧에도 나무리벌
물도 많고
땅 좋은 곳
만주나 봉천은 못 살 고장.

왜 왔느냐
왜 왔더냐
자곡자곡이 피땀이라
고향산천이 어디메냐.

황해도
신재령
나무리벌
두 몸이 김매며 살았지요.

올벼논에 닿은 물은
츠렁츠렁
벼 자란다
신재령에도 나무리벌.

잠

생각하는 머리에
누워 보는 글줄에
가깝게도 너는 늘
숨어드네 떠도네.

일곱 별의 밤하늘
번쩍이는 깁그물
내 나래를 얽으며
달이 든다 가람물.

노래한다 갈잎새
꽃이 핀다 물모래
다복할사 내 베개
네게 맡길 그 한때.

하지마는 새로이
내 눈썹에 눈물이
젖는 줄을 알고는
그만 너는 가겠지.

두루 나는 찾는다
가신 네가 행여나
다시 올까 올까고
하지마는 얼없다.

봄철이면 동틀녘
겨울이면 초저녁
그리운 이 너 하나
외로워서 슬플 적.

고독

설움의 바닷가의
모래밭이라
침묵의 하루해만 또 저물었네

탄식의 바닷가의
모래밭이니
꼭 같은 열두 시만 늘 저무누나

바잽의 모래밭에
돋는 봄풀은
매일 붓는 벌불에 터도 나타나

설움의 바닷가의
모래밭은요
봄 와도 봄 온 줄을 모른다더라

잊음의 바닷가의 모래밭이면
오늘도 지는 해니 어서 저다오
아쉬움의 바닷가 모래밭이니
뚝 씻는 물소리가 들려나 다오.

거친 풀 흐트러진 모래동으로

거친 풀 흐트러진 모래동으로
맘 없이 걸어가면 놀래는 청령蜻蛉,

들꽃 풀 보드라운 향기 맡으면
어린 적 놀덜 동무 새 그리운 맘

길다란 쑥대 끝을 삼각三角에 메워
거미줄 감아들고 청령을 쫓던,

늘 함께 이 동위에 이 풀숲에서
놀던 그 동무들은 어데로 갔노!

어린 적 내 놀이터 이 동마루는
지금 내 흩어진 벗 생각의 나라.

먼 바다 바라보며 우둑히 서서
나 지금 청령 따라 왜 가지 않노.

오과午過의 읍泣

노란 꽃에 수 놓인
푸른 메 위에,
볼 새 없이 옮기는
해 그늘이여.

나물 그릇 옆에 낀
어린 따님의,
가는 나비 바라며,
눈물짐이여.

앞길가에 버들잎
벌써 푸르고,
어제 보던 진달래
흩어짐이여.

늦은 봄의 농사집
쓸쓸도 해라.
지겟문만 닫히고
닭의 소리여.

벌에 부는 바람은
해를 보내고,
골에 우는 새소리
옅어감이여.

누운 곳이 차차로
누거워 오니,
이름 모를 시름에
해 늦음이여.

야夜 의 우적雨滴

어데로 돌아가랴,
나의 신세는,
내 신세 가엾이도
물과 같아라.

험구진 산막지면
돌아서 가고,
모지른 바위이면
넘쳐 흐르랴.

그러나 그리해도
헤날 길 없어,
가엾은 설움만은
가슴 눌러라.

그 아마 그도 같이
야夜 의 우적雨滴,
그같이 지향 없이 헤매임이라.

그리워

봄이 다 가기 전,
이 꽃이 다 흩기 전,
그린 님 오실까구
뜨는 해 지기 전에.

엷게 흰 안개 새에
바람은 무겁거니,
밤샌 달 지는 양지
어제와 그리 같이

붙일 길 없는 맘세,
그린 님 언제 뵐련,
우는 새 다음 소린,
늘 함께 든사오면.

늦은 가을비

구슬픈 날, 가을날은 괴로운 밤 꾸는 꿈과 같이
모든 생명을 울린다.
아파도 심하구나 음산한 바람들 세고
둑가의 마른 풀이 갈기갈기 젖은 후에 흩어지고
그 많은 사람들도 문 밖 그림자 볼수록
한 줄기 연기 곁을 길고 파리한 버들같이 스러진다.

드리는 노래

한집안 사람 같은 저기 저 달님

당신은 사랑의 달님이 되고
우리는 사랑의 달무리 되자.
처다보아도 가까운 달님
늘 같이 놀아도 싫잖은 우리.

미더움 의심 없는 보름의 달님

당신은 분명히 약속이 되고
우리는 분명한 지킴이 되자
밤이 지샌 뒤라도 그믐의 달님
잊은 듯 보였다도 반기는 우리.

귀엽긴 귀여워도 의젓한 달님

당신은 온 천함의 달님이 되고
우리는 온 천함의 잔별이 되자.
넓은 하늘이라도 좁았던 달님
수줍음 수줍음을 따르는 우리

벗과 벗의 옛님

어떤 아름답던 그 여자는 잊지 못할 생각을 그 사람에게 주고
　　갔어라.
그는 꿈꿈 쨋쨋이 그 여자의 바쁜 날들을
다시금 울고나 가리라,
다시금 그는
사랑을 지어서 첫 아들을 보아라. 오래 후에
길거리 위에서 그와 날과 만나라.
나의 눈 속은 즐거움에 빛나라, 눈물로서
흰 눈은 바람조차 내리는 얼굴 위에?
다시, 다시 옛날의 우리 다시
두 사람도 울면서 떠나리라.
나는 그를 벗을 하였어라. 오랫동안.

죽으면?

죽으면? 죽으면 도루 흙 되지.
흙이 되기 전, 그것이 사람.

사람. 물에 물 탄 것. 그것이 살음.
설움. 이는 맹물에 돌을 삶은 셈.
보아라, 갈바람에 나뭇잎 하나!

외로운 무덤

그대 가자 맘속에 생긴 이 무덤
봄은 와도 꽃 하나 안 피는 무덤.

그대 간 지 십 년에 뭐라 못 잊고
제철마다 이다지 생각 새론고.

때 지나면 모두 다 잊는다 하나
어제런 듯 못 잊을 서러운 그 옛날.

안타까운 이 심사 둘 곳이 없어
가슴 치며 눈물로 봄을 맞노라.

고적孤寂 한 날

당신님의 편지를
받은 그날로
서러운 풍설風說이 돌았습니다.

물에 던져달라고 하신 그 뜻은
언제나 꿈꾸며 생각하라는
그 말씀인 줄 압니다.

흘려 쓰신 글씨나마
언문諺文 글자로
눈물이라고 적어 보내셨지요.

물에 던져달라고 하신 그 뜻은
뜨거운 눈물 방울방울 흘리며,
맘 곱게 읽어달라는 말씀이지요.

사랑의 선물

님 그리고 방울방울 흘린 눈물
진주 같은 그 눈물을
썩지 않는 붉은 실에
꿰이고 또 꿰여
사랑의 선물로서
님의 목에 걸어줄라.

등불과 마주 앉았으려면

적적히
다만 밝은 등불과 마주 앉았으려면
아무 생각도 없이 그저 울고만 싶습니다.
왜 그런지야 알 사람이 없겠습니다마는.

어두운 밤에 홀로이 누웠으려면
아무 생각도 없이 그저 울고만 싶습니다.
왜 그런지야 알 사람도 없겠습니다마는,
탓을 하자면 무엇이라 말할 수는 있겠습니다마는.

10

가련한 인생

동경憧憬하는 애인

너의 붉고 부드러운
그 입술에보다
너의 아름답고 깨끗한
그 혼魂에다
나는 뜨거운 키스를……
내 생명의 굳센 운율은
너의 조그마한 마음속에서
그침없이 움직인다.

가는 봄 삼월

가는 봄 삼월, 삼월은 삼진
강남 제비도 안 잊고 왔는데.
아무렴은요
설게 이때는 못 잊게, 그리워.

잊으시기야, 했으랴, 하마 어느새,
님 부르는 꾀꼬리 소리.
울고 싶은 바람은 점도록 부는데
설리도 이때는
가는 봄 삼월, 삼월은 삼진.

눈물이 수루르 흘러납니다

눈물이 수르르 흘러납니다,
당신이 하도 못 잊게 그리워서
그리 눈물이 수르르 흘러납니다.

잊히지도 않는 그 사람은
아주나 내버린 것이 아닌데도,
눈물이 수르르 흘러납니다.

가뜩이나 설운 맘이
떠나지 못할 운에 떠난 것도 같아서
생각하면 눈물이 수루르 흘러납니다.

이불

구림의 긴 머릿결, 향그런 이불,
펴놓나니 오늘 밤도 그대 연緣하여
푸른 넌출 눈앞에 벋어 자는 이 이불,
송이송이 흰 구슬이 그대 연하여
피어나는 불꽃에 뚫어지는 이 이불,
서러워라 밤마다 밤마다 그대 연하여
그리운 잠자리요, 향기 젖은 이불.

무제

만약에 당신이 여자라면은 내 아내로 삼았을 것을.

만약에 당신이 꽃이라면은 내 가슴 위에 꽂았을 것을.

만약에 당신이 술이라면은 내 목젖을 태웠을 것을.

만약에 당신이 연기라면은 내 코 위에 향기였을 걸.

만약에 당신이 바람이라면 내 머리칼을 나부꼈을 걸.

만약에 당신이 귀뚜리라면 슬프고 긴긴 밤을 같이 울 것을.

만약에 당신이 뜸부기라면 푸르디푸른 하늘 같이 날 것을.

만약에 당신이 지렁이라면 진흙 속에 묻혀서 엉길 걸.

만약에 당신이 유령이라면 깜깜한 어둠 속에 같이 춤출 걸.

만약에 당신이 돌덩이라면 바닷물 속으로 함께 구를 걸.

옷과 밥과 자유

공중에 떠다니는
저기 저 새요
네 몸에는 털 있고 깃이 있지.

밭에는 밭곡식
논에는 물벼
눌하게 익어서 수그러졌네!

초산楚山 지나 적유령狄踰嶺
넘어선다
짐 실은 저 나귀는 너 왜 넘니?

가련한 인생

가련한, 가련한 가련한 인생에
첫째는 살음이라, 살음은 곧 살림이다.
살림은 곧 사랑이라. 그러면,
사랑은 무언고? 사랑은 곧
제가 저를 희생함이라.
그러면 희생은 무엇? 희생은,
남의 몸을 내 몸과 같이 생각함이다.

가련한, 가련한, 가련한 인생,
그래도 우선은 살아야 되고
살자 하면 사랑하여야 되겠는데

그러면 사랑은 무엇인고?
사랑이 마음인가,
남을 나보다 여겨야 하고,
쓴 것도 달게 받아야 한다.

살음이 세월인가?
살음의 끝은 죽음, 세월이 빠르잖고.
사랑을 함은 죽음, 제 마음을 못 죽이네.
살음이 어렵도다. 사랑하기 힘들도다.
누구는 나서 세상에 행복이 있다고 하노.

꿈자리

오오 내 님이여? 당신이 내게 주시려고 간 곳마다 이 자리를 깔아놓아 두시지 않으셨어요. 그렇지요. 확실히 그러신 줄을 알겠어요. 간 곳마다 저는 당신이 펴놓아 주신 이 자리 속에서 항상 살게 되므로 당신이 미리 그러신 줄을 제가 알았어요.

오오 내 님이여! 당신이 깔아놓아 주신 이 자리는 맑은 못 밑과 같이 고조곤도 하고 아늑도 했어요. 홈싹홈싹 숨치우는 보드라운 모래 바닥과 같은 긴 길이, 항상 외롭고 힘없는 저의 발길을 그리운 당신한테로 인도하여 주겠지요.

그러나 내 님이여! 밤은 어둡구 찬바람도 불겠지요. 닭은 울었어도 여태도록 빛나는 새벽은 오지 않겠지요. 오오 제 몸에 힘 되시는 내 그리운 님이여! 외롭고 힘없는 저를 부둥켜안으시고 영원히 당신의 믿음성스러운 그 품속에서 저를 잠들게 하여주셔요.

당신이 깔아놓아 주신 이 자리는 외롭고 쓸쓸합니다마는 제가 이 자리 속에서 잠자고 놀고 당신만을 생각할 그때에는 아무러한 두려움도 없고 괴로움도 잊어버려지고 마는데요.

그러면 님이여! 저는 이 자리에서 종신토록 살겠어요.

오오 내 님이여! 당신은 하루라도 저를 이 세상에 더 묵게 하시려고 이 자리를 간 곳마다 깔아놓아 두셨어요. 집 없고 고단한 제 몸의 종적을 불쌍히 생각하셔서 검소한 이 자리를 간 곳마다 제 소유로 장만하여주셨어요. 그리고 또 당신은 제 엷은 목숨의 줄을 온전히 붙잡아 주시고 외로이 일생을 제가 위험 없는 이 자리 속에 살게 하여 주셨어요.

오오 그러면 내 님이여! 끝끝내 저를 이 자리 속에 두어주셔요. 당신이 손수 당신의 그 힘 되고 믿음성부른 품속에다 고요히 저를 잠들려 주시고 저를 또 이 자리 속에 당신이 손수 묻어 주셔요.

깊은 구멍

그 세월이 지나가고 볼 것 같으면 뒤에 오는 모든 기억이 지나간 그것들은 모두 다 무의미한 것 같기도 하리다마는 확실히 그렇지 않습니다.

글쎄 여보셔요! 어느 틈에 당신은 내 가슴 속에 들어와 있던가요? 아무리 하여도 모르겠는 걸요.

오! 나의 애인이여!

인제 보니까, 여태 나의 부지런과 참아오고 견디어 온 것이며 심지어 조그마한 고통들까지라도 모두 다 당신을 위하는 심성으로 나온 것이었겠지요. 어쩌면 그것이 값없는 것이 되고 말리야 있겠어요.

오! 나의 애인이여.

그러나 당신이 그 동안 내 가슴 속에 숨어 계셔서 무슨 그리 소삽스러운 일을 하셨는지 나는 벌써 다 알고 있지요. 일로 앞날 당신을 떠나서는 다만 한 시각이라도 살아 있지 못하게끔 된 것일지라도 말하자면 그것이 까닭이 될 것밖에 없어요.

밉살스러운 사람도 있겠지! 그렇게 커다란 거무죽죽한 깊은 구멍을 남의 평화롭던 가슴 속에다 뚫어 놓고 기뻐하시면 무엇이 그리 좋아요.

오! 나의 애인이여.

당신의 손으로 지으신 그 구멍의 심천深淺을 당신이 알으시이다. 그러면 날마다 날마다 그 구멍이 가득히 차서 빈틈이 없도록 당신의 맑고도 향기로운 그 봄 아침의 아지랑이 수풀속에 파묻힌 꽃이슬의 향기보다도 더 귀한 입김을 쉬일 새 없이 나의 조그만 가슴 속으로 불어 넣어 주세요.

길차부

가랴 말랴 하는 길이었길래, 차부조차 더디인 것이 아니에요.

오, 나의 애인이여.

안타까워라. 일과 일은 꼬리를 맞물고, 생기는 것 같습니다, 그려. 그렇지 않고야 이 길이 왜 이다지 더디일까요.

어렷두렷하였달지, 저리도 해도 산머리에서 바재이고 있습니다. 그런데 왜, 아직아직 내 조그마한 가슴 속에는 당신한테 일러 둘 말이 남아 있나요.

오, 나의 애인이여.

나를 어서 놓아 보내 주세요. 당신의 가슴 속이 나를 꽉 붙잡습니다. 길심 매고 감발하는 동안, 날은 어둡습니다. 야속도 해라, 아주아주 내 조그만 몸은 당신의 소용대로 내어 맡겨도, 당신의 맘에는 기쁘겠지요. 아직아직 당신한테 일러둘 말이 내 조그만 가슴에 남아 있는 줄을 당신이야 왜 모를라구요. 당신의 가슴속이 나를 꽉 붙잡습니다.

그러나 오, 나의 애인이여.

기회

강 위에 다리는 놓였던 것을!
건너가지 않고서 바재는 동안
'때'의 거친 물결은 볼 새도 없이
다리를 무너치고 흘렀습니다.

먼저 건넌 당신이 어서 오라고
그만큼 부르실 때 왜 못 갔던가!
당신과 나는 그만 이편 저편서,
때때로 울며 바랄 뿐입니다려.

넝쿨타령

칡넝쿨이 에헤요 벋을 적만 같아서는
가을철이 어리얼시 있을 법도 않더니만,
하룻밤도 찬서리에 에헤요 에헤야
맥脈이 풀려 잎들만 시들더라 에헤요 시들더라.

복사꽃이 에헤요 필 적만 같아서는
천하天下 나비 어리얼시 다 모을 것 같더니만,
급기야에 봄이 가니 에헤요 에헤야
어느 나비 한 마리 못 잡더라 에헤요 못 잡더라.

박넝쿨이 에헤요 벋을 적만 같아서는
온 세상은 어리얼시 뒤덮을 것 같더니만,
초가삼간 다 못 덮고 에헤요 에헤야
둥글 박만 댕글이 달리더라 에헤요 달리더라.

성색聲色

아무것도 보지 않으려고 눈 감아도
그 얼굴, 얄망궂은 그 얼굴이
또 온다, 까부른다, 해죽이 웃으며.
그대여, 비키라. 나는 편히 쉬려고 한다.

아무것도 보지 않으려고 이불을 추켜 써도
꼬꾸닥 한다. 이불 속에서 넋맞이 닭이.
징 북은 쿵다쿵 쾡. '네가 나를 잊느냐.'
그대여, 끊지라. 나는 편히 쉬려고 한다.

이것저것 다 잊었다고 꿈을 꾸니
산山턱에 청기와집 중들이 오락가락.
여기서도 그 얼굴이 꼬깔 쓰고 '나무아미타불.'
오오 넋이여, 그대도 쉬랴. 나도 편히 쉬려고 한다.

항전애창巷傳愛唱 명주딸기

1
딸기 딸기 명주딸기 집집이 다 자란 맏딸아기,
딸기 딸기는 다 익었네 내일은 열하루 시집갈 날.

일모창산 날 저문다 월출동정에 달이 솟네,
오호로 배 띄어라 범녀도 님 싣고 떠나간 길.

노던 볕에 오는 비는 숙낭자의 눈물이라,
어얼시구 밤이 간다 내일은 열하루 시집갈 날.

2
흰꽃 흰꽃 흰 나비와 흰 이마 흰 눈물 검은 머리
흰꽃 흰꽃 나붓는데 흰 이마 흰 눈물 검은 머리.

3
뫼에서 보면 바다이 좋고 바다에서는 뫼가 좋고,
온데 간데 다 좋아도 어디다 내 집을 지어 둘고.

4

있다고 있는 척 못할 일이 없다고 부러워 안할 일이
세상에 못난 이 없는 것이 저 잘난 성수에 살아보리.

5

죽어간 님을 님이래랴 뚫어진 신짝을 신이래랴,
앞 남산에 불탄 등걸 잎 피던 자국에 좀이 드네.

칠석 七夕

저기서 반짝, 별이 총총,
여기서 반짝, 이슬이 총총,
오며 가면서는 반짝, 반딧불 총총,
강변에는 물이 흘러 그 소리가 돌돌이라.

까막까치 깃 다듬어
바람이 좋으니 솔솔이요,
구름물 속에는 달 떨어져서
그 달이 복판 깨어지니 칠월 칠석 날에도 저녁은 반달이라.

까마귀 까왁, '나는 가오.' 까치 쩍쩍 '나도 가오.'
'하느님 나라의 은하수에 다리 놓으러 우리 가오.'
'아니라 작년에도 울었다오, 신틀오빠가 울었다오.
금년에도 아니나 울니라오, 베틀누나가 울니라오.'

'신틀오빠, 우리 왔소.'
'베틀누나, 우리 왔소.'
'까마귀떼 첫 문안하니 그 문안은 반김이요,
까치떼가 문안하니 그 다음 문안은 잘 있소'라.

'신틀오빠 우지 마오.'
'베틀누나 우지 마오.'
'신틀오빠님 날이 왔소.'
'베틀누나님 날이 왔소.'
은하수에 밤중만 달이 되어
베틀누나 신틀오빠 만나니 오늘이 칠석이라.

하늘에는 별이 총총, 하늘에는 별이 총총.
강변에서도 물이 흘러 소리조차 돌돌이라.
은하가 년년 잔별밭에
밟고 가는 자곡자곡 밟히는 별에 꽃이 피니
오늘이 사랑의 칠석이라.

집집마다 불을 다니 그 이름이 촛불이요,
해마다 봄철 돌아드니 그 무덤마다 멧부리요.
달 돌고 별 돌고 해가 돌아
하늘과 땅이 불 붙으니 붙는 불이 사랑이라.

가며 오나니 반딧불 깜빡, 땅 위에도 이슬이 깜빡,
하늘에는 별이 깜빡, 하늘에는 별이 깜빡,
은하가 년년 잔별밭에
돌아서는 자곡자곡 밝히는 별이 숙기지니
오늘이 사랑의 칠석이라.

상쾌한 아침

무연한 벌 위에 들여다 놓은 이 집
또는 밤새에 어디서 어떻게 왔는지 알지 못할 이 비.
신개지新開地에도 봄은 와서, 가냘픈 빗줄은
뚝가의 어슴푸레한 개버들 어린 엄도 축이고,
난벌에 파룻한 뉘 집 파밭에도 뿌린다.
뒷 가시나무에 깃들인 까치떼 좋아 지껄이고
개울가에서 오리와 닭이 마주 앉아 깃을 다듬는다.
무연한 이 벌, 심어서 자라는 꽃도 없고 메꽃도 없고
이 비에 장차 이름 모를 들꽃이나 필는지?
장쾌한 바닷물결, 또는 구릉의 미묘한 기복도 없이
다만 되는 대로 있는 대로 있는 무연한 벌!
그러나 나는 내버리지 않는다. 이 땅이 지금 쓸쓸하다고,
나는 생각한다. 다시금, 시원한 빗발이 얼굴을 칠 때,
예서뿐 있을 앞날의 많은 변전變轉의 후에
이 땅이 우리의 손에서 아름다워질 것을! 아름다워질 것을!

생의 감격

깨여 누운 아침의
소리없는 잠자리
무슨 일로 눈물이
새암 솟듯 하오리,

못 잊어서 함이랴
그 대답은 '아니다'
아수여움 있느냐
그 대답도 '아니다.'

그리하면 이 눈물
아무 탓도 없느냐
그러하다 잠자코
그마만큼 알리라.

실틈만한 틈마다
새여드는 첫 별아
내 어릴 적 심정을
네가 지고 왔느냐.

하염없는 이 눈물
까닭 모를 이 눈물
깨여 누운 자리를
사무치는 이 눈물.

다정할손 살음은
어여쁠손 밝음은
항상 함께 있고저
네가 사는 반백 년.

신앙

눈을 감고 잠잠히 생각하라.
무거운 짐에 우는 목숨에는
받아가질 안식을 더 하랴고
반드시 힘 있는 도움의 손이
그대들을 위하여 기다릴지니.

그러나 길은 다하고 날이 저무는가.
애처로운 인생이여,
종소리는 배 바삐 흔들리고
애꿎은 조가弔歌는 비껴 울 때
머리 수그리며 그대 탄식하리.

그러나 꿇어앉아 고요히
빌라, 힘 있게 경건하게.
그대의 맘 가운데
그대를 지키고 있는 아름다운 신을
높이 우러러 경배하라.

멍에는 괴롭고 짐이 무거워도
두드리던 문은 멀지 않아 열릴지니
가슴에 품고 있는 명멸明滅의 그 등잔을
부드러운 예지叡智의 기름으로
채우고 또 채우라.

그러하면 목숨의 봄두던의
살음을 감사하는 높은 가지
잊었던 진리의 봉우리에 잎은 피며
신앙의 불붙는 고운 잔디
그대의 헐벗은 영을 싸덮으리.

대수풀 노래

이는 류우석劉禹錫의 죽지사竹枝詞를 본받음이니 모두 열한 편
이라. 그 말에 가다가다 야野한 점點이 있을는지는 몰라도 이
또한 제게 메운 격이라 하리니 꽤 장고長鼓에 맞추며 춤에도
맞추어 노래로 노래할 수 있으리로다.

1

왕검성 꿈에 잔디 돋고
모란봉 아래 물 맑았고.
서도 사람의 제 노래에
북관 각시네 우지 마소.

2

곱지서발을 해 올라와
봄철 안개는 스러져가
강 위에 둥실 뜬 저 배는
서도 손님을 모신 배라.

3

저분네 잠깐 내 말 듣소
이 글자 한 장 전해주소
나 사는 집은 평양성중平壤城中
배다릿골로 찾아보소.

4

장산고지는 열두 고지
못 다닌다는 말도 있지
아하 산 설고 물 설은데
나 누구 찾아 여기 왔니.

5

산에는 총총 복숭아꽃
산에는 총총 오얏꽃
구름장 아래 연기 뜬다
연기 뜬 데가 나 사는 곳.

6

가락지 쟁강하거든요
은봉채 쟁강하거든요
대동강 십 리 나룻길에
물 길러 온 줄 자네 아소.

7

반달 여울의 옅은 물에
어겻차 소리 련連 잦을 때
금실 비단의 돛단배는
백일청천白日靑天에 어리었네.

8

강물은 맑고 평탄한데
강으로 오는 님의 노래
동에 해 나고 서에는 비
비 오다 말고 해가 나네.

9

십리장림十里長林은 곳곳이 풀
근처 몇 집은 집집이 술
오다가다도 들려주소
앉아보아도 좋은 그늘.

10

기자릉箕子陵 솔의 상상上上가지
뻐꾸기 앉아 우는 소리
영명사永明寺 절에 묵던 손도
밤에 깨어 나무아미.

11

보통문루普通門樓 송객정送客亭의
버들가지는 또 자랐다.
아하 산 설고 물 설은데
나 누구 찾아 여기 왔니.

11

제이·엠·에쓰

비오는 날

비오는 날, 전에는 베를렌의

내 가슴에 눈물의 비가 온다고

그 노래를 불렀더니만

비오는 날, 오늘,

나는 '비가 오네'하고 말 뿐이다.

비오는 날, 오늘, 포플러나무 잎 푸르고

그 잎에 그늘에 참새무리만 자지러진다.

잎에 앉았던 개구리가 한 놈 첨벙하고 개울로 뛰어내린다.

비는 싸락비다, 포슬포슬 차츰,

한 알, 두 알, 연달려 비스듬히 뿌린다.

평양에도 장별리將別里, 오는 비는 모두 꼭 같은 비려니만

비야망정 전일과는 다르도다. 방 아랫목에

자는 어린이 기지개 펴며 일어나 운다. 나는 '저 비오는 것 보

　　아!' 하며

금년 세 살 먹은 아기를 품에 안고 어른다.

석양인가, 갓틈 끝 아래로 모여드는 닭의 모리, 암탉은

찬비 맞아 우는 오굴쇼굴한 병아리를 모으고 있다. 암탉이

못 견디게 꾸득인다. 모이를 주자.

고향

1
짐승은 모를는지 고향인지라
사람은 못 잊는 것 고향입니다.
생시에는 생각도 아니하던 것
잠들면 어느덧 고향입니다.

조상님 뼈 가서 묻힌 곳이라
송아지 동무들과 놀던 곳이라
그래서 그런지도 모르지마는
아아, 꿈에서는 항상 고향입니다.

2
봄이면 곳곳이 산새 소리
진달래 화초 만발하고
가을이면 골짜구니 물드는 단풍
흐르는 샘물 위에 떠내린다.

바라보면 하늘과 바닷물과
차 차 차 마주붙어 가는 곳에
고기잡이 배 돛 그림자
어기여차 디여차 소리 들리는 듯.

3
떠도는 몸이거든
고향이 탓이 되어
부모님 기억, 동생들 생각
꿈에라도 항상 그곳서 뵈옵니다.

고향이 마음 속에 있습니까
마음속에 고향도 있습니다.
제 넋이 고향에 있습니까
고향에도 제 넋이 있습니다.

마음에 있으니까 꿈에 뵈지요
꿈에 보는 고향이 그립습니다
그곳에 넋이 있어 꿈에 가지요
꿈에 가는 고향이 그립습니다.

4
물결에 떠내려간 부평 줄기
자리잡을 새도 없네
제자리로 돌아갈 날 있으랴마는!
괴로운 바다 이 세상에 사람인지라 돌아가리.

고향을 잊었노라 하는 사람들
나를 버린 고향이라 하는 사람들
죽어서만은 천애일방天涯一方 헤매지 말고
넋이라도 있거들랑 고향으로 네 가거라.

건강한 잠

상냥한 태양이 씻은 듯한 얼굴로
산 속 고요한 거리 위를 쏜다.
봄 아침 자리에서 갓 일어난 몸에
홑 것을 걸치고 들에 나가 거닐면
산뜻이 살에 숨는 바람이 좋기도 하다.
뾰죽뾰죽한 풀 엄을
밟는가봐, 저어
발도 사뿐히 가려놓을 때,
과거의 십년 기억은 머리 속에 선명하고
오늘날의 보람 많은 계획이 확실히 선다.
마음과 몸이 아울러 유쾌한 간밤의 잠이여.

봄과 봄밤과 봄비

오늘 밤, 봄 밤, 비오는 밤, 비가
햇듯햇듯, 보슬보슬, 회친회친, 아주 가엾게 귀엽게
비가 내린다,
비 오는 봄 밤.
비야말로 세상을 모르고
가난하고 불쌍한 나의 가슴에도 와주는가?

임진강, 대동강, 두만강, 낙동강, 압록강,
오대강伍大江의 이름 외던 지리시간,
주임선생 얼굴이 내 눈에 환하다.
무쇠다리 위에도 무쇠다리를 스를 듯 비가 온다.
등불이 밝은 것은 자동차다.
이곳은 국경, 조선은 신의주, 압록강 철교
조선인, 일본인, 중국인. 몇 명이나 될꼬 몇 명이나 될꼬.
지나간다, 지나를 간다, 돈 있는 사람 또는 끼니조차 번들인
　　사람,

철교 위에 나는 섰다. 분명치 못하게? 분명하게?

조선, 생명된 고민이여!

우러러 보라, 멀리멀리 하늘은 까맣고 아득하다.

자동차의 불 붙은 두 눈, 소음과 소음과 냄새와 냄새와

사람이라어물거리는 다리 위에는 전등이 밝고나.

다리 아래는 그늘도 깊게 번득거리며

푸른 물결이 흐른다. 굽이치며 얼신얼신.

낭인浪人의 봄

휘둘리 산을 넘고,
굽이진 물을 건너,
푸른 풀 붉은 꽃에
길 걷기 시름이여.

잎 누런 시닥나무,
철 이른 푸른 버들,
해 벌써 석양인데
불숫는 바람이여.

골짜기 이는 연기
메 틈에 잠기는데,
산마루 도는 손의
슬지는 그림자여.

산길가 외론 주막,
어이그, 쓸쓸한데,
먼저 든 짐장사의
곤한 말 한 소리여.

지는 해 그림자니,
오늘은 어디까지,
어둔 뒤 아무데나,
가다가 묵을네라.

풀숲에 물김 뜨고,
별빛에 새 놀래는,
고운 봄 야반$夜半$에도
내 사람 생각이여.

마음의 눈물

내 마음에서 눈물난다.
뒷산에 푸르른 미루나무 잎들이 알지,
내 마음에서, 마음에서 눈물 나는 줄을,
나 보고 싶은 사람, 나 한번 보게 하여 주소,
우리 작은 놈 날 보고 싶어 하지,
건넛집 갓난이도 날 보고 싶을 테지.
나도 보고 싶다. 너희들이 어떻게 자라는 것을.
나 하고 싶은 노릇 나 하게 하여 주소.
못 잊혀 그리운 너의 품속이여!
못 잊히고, 못 잊혀 그립길래 내가 괴로워하는 조선朝鮮이여.

마음에서 오늘날 눈물이 난다.
앞뒤 한길 포플러 잎들이 안다.
마음속에 마음의 비가 오는 줄을,
갓난이야 갓놈아 나 바라보라
아직도 한길 위에 인기척 있나,
무엇 이고 어머니 오시나 보다.
부뚜막 쥐도 이젠 달아났다.

궁인창

둥글자 이지러지는 그믐달 아래
피어서 떨어지는 꽃을 보고서
다시금 뒷기약을 맺는 이별과
지각知覺 나자 늙어감을 나는 만났노라.

뜨는 물김 속에서 바라다보니
어젯날의 흰 눈이 덮인 산 그늘로
눌하게도 희미하게 빛깔도 없이
쓸쓸하게 나타나는 오늘의 날이여.

죽은 나무에 마른 잎이 번쩍거림은
지나간 옛날들을 꿈에 보람인가
서리 속에 터지는 꽃봉오리는
모르고 보낸 봄을 설워함인가.

생각사록 멋없는 내 가슴에는
볼사록 시울 지는 내 얼굴에는
빗기는 한숨뿐이 푸르러오아라
그믐 새벽 지새는 달의 그늘에.

팔베개 노래

첫날에 길동무
만나기 쉬운가
가다가 만나서
길동무 되지요

날 긇다 말아라
가장家長 님만 님이랴
오다가다 만나도
정 붙이면 님이지

화문석 돗자리
놋촛대 그늘엔
칠십 년 고락을
다짐 둔 팔베개.

드나는 곁방의
미닫이 소리라
우리는 하룻밤
빌어 얻은 팔베개.

조선의 강산아
네가 그리 좁더냐
천리 서도西道를
끝까지 왔노라.

삼천리 서도를
내가 여기 왜 왔나
남포의 사공님
날 실어다 주었소.

집 뒷산 솔밭에
버섯 따던 동무야
어느 뉘집 가문에
시집가서 사느냐.

영남嶺南의 진주晉州는
자라난 내고향
부모 없는
고향이라우.

오늘은 하룻밤
단잠의 팔베개
내일은 상사相思의
거문고 베개라.

첫닭아 꼬꾸요
목놓지 말아라.
품속에 있던님
갈채비 차릴라.

두루두루 살펴도
금강 단발령金剛斷髮嶺
고갯길도 없는 몸
나는 어찌하라우.

영남의 진주는
자라난 내고향
돌아갈 고향은
우리님의 팔베개.

제이·엠·에쓰

평양서 나신 인격의 그 당신님, 제이·엠·에쓰
덕 없는 나를 미워하시고
재주 있던 나를 사랑하셨다
오산 계시던 제이·엠·에쓰
십 년 봄 만에 오늘 아침 생각난다
근년 처음 꿈 없이 자고 일어나며.

얽은 얼굴에 자그만 키와 여윈 몸매는
달은 쇠끝 같은 지조가 튀어날 듯
타듯 하는 눈동자만이 유난히 빛나셨다.
민족을 위하여는 더도 모르시는 열정의 그 님.

소박한 풍채, 인자하신 옛날의 그 모양대로,
그러나 아아, 술과 계집과 이욕에 헝클어져
십오 년에 허주한 나를
웬일로 그 당신님
맘속으로 찾으시오? 오늘 아침.
아름답다 큰 사랑은 죽는 법 없어,
기억되어 항상 내 가슴속에 숨어 있어,
미쳐 거츠르는 내 양심을 잠재우리,
내가 괴로운 이 세상 떠날 때까지.

고만두풀 노래를 가져 월탄月灘에게 드립니다

1
즌퍼리의 물가에
우거진 고만두
고만두풀 꺾으며
(고만두라) 합니다.

두손길 맞잡고
우두커니 앉았소.
잔지르는 추심가秋心歌
(고만두라) 합니다.

슬그머니 일면서
(고만갑소)하여도
앉은대로 앉아서
(고만두고 갑시다)고.

고만두 풀숲에
풀버러지 날을 때
둘이 잡고 번갈아
(고만두고 갑시다.)

2

(어찌 하노 하다니)
중얼이는 혼잣말
나도 몰라 왔어라
입버릇이 된줄을.

쉬일 때나 있으랴
생시엔들 꿈엔들
어찌 하노 하다니
뒤재이는 생각을.

하지마는 (어쩌노)
중얼이는 혼잣말
바라나니 인간에
봄이 오는 어느날.

돋히어나 주과저
마른 나무 새 엄을,
두들겨나 주과저
소리 잊은 내 북을.

해 넘어 가기 전 한참은

해 넘어 가기 전 한참은
하염없기도 그지 없다.
연주홍물 엎지른 하늘 위에
바람의 흰 비둘기 나돌으며
나뭇가지는 운다.

해 넘어 가기전 한참은
조미조미 하기도 끝없다.
저의 맘을 제가 스스로 느꾸는 이는
복 있나니 아서라 피곤한 길손은
자리 잡고 쉴지어다.

가마귀 쫓닌다.
종소리 비긴다.
송아지가 '음마' 하고 부른다.
개는 하늘을 쳐다보며 짖는다.

해 넘어가지 전 한참은
처량하기도 짝 없다
마을앞 개천가의 체지體地 큰 느티나무 아래
그늘진데라 찾아 나가서 숨어 울다 올꺼나.

해 넘어 가기전 한참은
귀엽기도 더하다.
그렇거든 자네도 이리 좀 오시게
검은 가사로 몸을 싸고 염불이나 외우지 않으려나

해 넘어 가기전 한참은
유난히 다정도 할세라
고요히 서서 몰모루 모루모루
치마폭 번쩍 펼쳐들고 반겨 오는 저 달을 보십시오.

생生과 돈과 사死

1

설으면 우울 것을, 우습거든 웃을 것을,
울자해도 잦는 눈물, 웃자해도 싱거운 맘,
허거픈 이 심사를 알리 없을까 합니다.

한베개 잠 자거든, 한솥밥 먹는 님께,
허거픈 이 심사를 전해볼까 할지라도,
마차운 말 없거니와, 그 역 누될까 합니다.

누된들 심정만이 타고날게 무엇인고,
사오월 밤중만 해도 울어새는 저 머구리,
차라리 그 신세를 나는 부러워합니다.

2

슬픔과 괴로움과 기쁨과 즐거움과
사랑 미움까지라도 지난 뒤 꿈 아닌가!
그러면 그 무엇을 제가 산다고 합니까?

꿈이 만일 살았으면, 삶이 역시 꿈일게라!
잠이 만일 죽음이면, 죽어 꿈도 살은 듯하리.
자꾸 끝끝내 이렇다 해도 이를 또 어찌합니까?

살았던 그 기억이 죽어 만일 있달질댄

죽어하던 그 기억이 살아 어째 없습니까

죽어서를 모르오니 살아서를 어찌 안다고 합니까.

3

살아서 그만인가, 죽으면 그뿐인가,

살죽는 길어름에 잊음바다 건넜든가,

그렇다 하고라도 살아서 만이라도 아닌줄로 압니다.

살아서 못 죽는가, 죽었다는 못사는가,

아무리 살지락도 알지 못한 이 세상을,

죽었다 살지락도 또 모를 줄로 압니다.

이 세상 산다는 것, 나 도무지 모르겠네.

어데서 예 왔는고, 죽어 어찌 될것인고,

도무지 이 모른는 데서 어째 이러는가 합니다.

돈타령

1
요 닷돈을 누를 줄꼬? 요 마음.
닷돈 가지고 갑사甲紗댕기 못 끊갔네
은가락지는 못 사겠네 아하!
마코를 열 개 사다가 불을 옇자 요 마음.

2
되려니 하니 생각
만주 갈까? 광산엘 갈까?
되갔나 안 되갔나 어제도 오늘도
이러저러 하면 이리저리 되려니 하는 생각.

3
있을 때에는 몰랐더니
없어지니까 네로구나.

있을 때에는 몰랐더니
없어지니까 네로구나.
몸에 값진 것 하나도 없네
내 남은 밑천이 본심이라.

있던 것이 병발이라
없드니편만 못 하니라.

가는 법이 그러니라
청춘 아울러 가지고 갔네.

술 고기만 먹으랴고
밥 먹고 싶을 줄 네 몰랐지.

색시와 친구는 붙은 게라고
네 저권 없을 줄 네 몰랐지.

인격이 잘나서 제노라고
무엇이 난 줄을 네 몰랐지.

천금산진千金散盡 환부래還復來는
없어진 뒤에는 아니니라.

상감님이 되어서라도
바른 것이 나더니라.

인생부득人生不得 갱소년更少年은
내가 있고서 할 말이다.

한강수漢江水라 인도교人道橋가
낮고 높음을 알았더냐.

가는 법이 그러니라
용기 아울러 가지고 간다.

내가 누군 줄 네 알겠느냐
내가 곧장 네 세상이라.

내가 가니 네 세상 없다
세상이 없이 네 살아 보라.

내 천대를 네가 하고
누 천대를 네 받나 보랴.

나를 다시 받드는 것이
네 세상을 받드는 게니라.

따라만 보라 내 또 오마
따라만 보라 내 또 오마.

아니 온다고 아니 온다고
아니 올 리가 있겠느냐.

있어야 하겠기 따르지만
있고 보니 네로구나.

있어야 한다고 따르지만
있고 보면 네로구나.

장별리

연분홍 저고리, 빨간 불붙은
평양에도 이름 높은 장별리
금실 은실의 가는 비는
비스듬히도 내리네 뿌리네.

털털한 배암무늬 돋은 양산洋傘에
나리는 가는 비는
위에나 아래나 나리네, 뿌리네.

흐르는 대동강, 한복판에
울며 돌던 벌새의 떼무리,
당신과 이별하던 한복판에
비는 쉴틈도 없이 나리네, 뿌리네.

12

인종

기분전환

땀, 땀, 여름볕에 땀 흘리며
호미 들고 밭고랑 타고 있어도
어디선지 종달새 울어만 온다.
헌출한 하늘이 보입니다요, 보입니다요.

사랑, 사랑, 사랑에, 어스름을 맞은 님
오나 오나 하면서,
젊은 밤을 한숫이 조바심할 때
밟고 섰는 다리 아래 흐르는 강물!
강물에 새벽빛이 어립니다요,
어립니다요.

기회

강 위에 다리는 놓였던 것을!
건너가지 않고서 바재는 동안
때의 거친 물결은 볼 새도 없이
다리를 무너치고 흘렀습니다.

먼저 건넌 당신이 어서 오라고
그만큼 부르실 때 왜 못갔던가!
당신과 나는 그만 이편 저편서
때때로 울며 바랄 뿐입니다.

고락

무거운 짐 지고서 닫는 사람은
기구한 발뿌리만 보지 말고서
때로는 고개 들어 사방산천의
시원한 세상풍경 바라보시오.

먹이의 달고 쓴은 입에 달리고
영욕의 고와 낙도 맘에 달렸소
보시오 해가 져도 달이 뜬다오
그믐밤 날 굳거든 쉬어 가시오.

무거운 짐 지고서 닫는 사람은
숨차다 고갯길을 탄치 말고서
때로는 맘을 눅여 탄탄대로의
이제도 있을 것을 생각하시오.

편안이 괴로움의 씨도 되고요
쓰림은 즐거움의 씨가 됩니다.
보시오 화전망정 갈고 심으면
가을에 황금이삭 수북 달리오.

칼날 위에 춤추는 인생이라고
물속에 몸을 던진 몹쓸 계집애
어쩌면 그럴 듯도 하긴 하지만
그렇지 않은 줄은 왜 몰랐던고.

칼날 위에 춤추는 인생이라고
자기가 칼날 위에 춤을 춘 게지
그 누가 미친 춤을 추라 했나요.
얼마나 비꼬이운 계집애던가.

야말로 제 고생을 제가 사서는
잡을 데 다시없어 엄나무지요.
무거운 짐 지고서 닫는 사람은
길가의 청풀밭에 쉬어 가시오.

무거운 짐 지고서 닫는 사람은
기구한 발뿌리만 보지 말고서
때로는 춘하추동 사방산천의
뒤바뀌는 세상도 바라보시오.

무겁다 이 짐을랑 벗을 겐가요
괴롭다 이 길일랑 아니 걷겠나
무거운 짐 지고서 닫는 사람은
보시오 시내 위의 물 한 방울을.

한 방울 물이라도 모여 흐르면
흘러가서 바다의 물결 됩니다
하늘로 올라가서 구름 됩니다
다시금 땅에 내려 비가 됩니다.

비 되어 나린 물이 모둥켜지면
산간엔 폭포 되어 수력전기요
들에선 관개 되어 만종석이오
메말라 타는 땅엔 기름입니다.

어여쁜 꽃 한 가지 이울어 갈 제
밤에 찬 이슬되어 축여도 주고
외로운 어느 길손 창자 주릴 제
길가의 찬 샘 되어 누눠도 주오.

시내의 여지없는 물 한 방울도
흐르는 그만 뜻이 이러하거든
어느 인생 하나가 저 먼저라고
기구하다 이 길을 타박했나요.

이 짐이 무거움에 뜻이 있고요
이 짐이 괴로움에 뜻이 있다오
무거운 짐 지고서 닫는 사람이
이 세상 사람다운 사람이라오.

이 한밤

대동강 흐르는 물, 다시금 밤중,
다시금 배는 흘러 대이는 깁섬.
실비는 흔들리며 어둠의 속에
새카만 그네의 눈, 젖어서 울 때,
흐트러진 머리길, 손에는 감겨,
두 입김 오고가는 몽롱朦朧한 향기.
훗날, 가난한 나는, 먼 나라에서
이 한밤을 꿈같이 생각하고는
그만큼 설움에 차서, 어떻게도, 너
하늘로 올라서는 저 달이 되어
밤마다 베개 위에 창가에 와서
내 잠을 깨운다고 탄식을 하리.

공원의 밤

백양가지에 우는 전등은 깊은 밤의 못물에
어렷하기도 하며 어득하기도 하여라.
어둡게 또는 소리없이 가늘게
줄줄의 버드나무에서는 비가 쌓일 때.

푸른 하늘은 고요히 내려 갈리던 그 보드러운 눈결!
이제, 검은 내는 떠돌아오라 비구름이 되어라.
아아 나는 우노라 그 옛적의 내사람!

길손

얼굴 힐끔한 길손이여
지금 막, 지는 해도 그림자조차
그대의 무거운 발 아래로
여지도 없이 스러지고 마는데

둘러보는 그대의 눈길을 막는
뾰죽뾰죽한 멧봉우리
기어오르는 구름 끝에도
비낀 놀은 붉어라, 앞이 밝게

천천히 밤은 외로이
근심스럽게 지쳐 나리나니
물소리 처량한 냇가에,
잠깐, 그대의 발길을 멈추라,

길손이여,
별빛에 푸르도록 푸른 밤이 고요하고
맑은 바람은 땅을 썻어라,
그대의 씨달픈 마음을 가다듬을 지어다.

가막덤불

산에 가시나무
가막 덤불은
덤불 덤불 산마루로
벌어 올랐소.

산에는 가려해도
가지 못하고
바로 말로
집도 있는 내 몸이라오.

길에는 혼잣몸의
홑옷 자락은
하룻밤 눈물에는
젖기도 했소.

산에는 가시나무
가막덤불은
덤불덤불 산마루로
벌어 올랐소.

자전거

밤에는 밤마다
자리를 펴고
누워서 당신을 그리워하고.

잘근잘근 이불깃
깨물어 가며
누워서 당신을 그리워하고.

다 말고 후닥닥
떨치고 나자
금시로 가보고 말 노릇이지.

가보고 말아도 좋으련만
여보우 당신도 생각을 하우
가자가자 못 가는 몸이라우.

내일 모레는
일요일
일요일은 노는 날.

노는 날 닥치면
두루두루루
자전거 타고서 가리다.

뒷산의 솔숲에
우는 새도
당신의 집 뒷문 새라지요.

새소리 뻐꾹
뻐꾹 뻐꾹
여기서 뻐꾹 저기서 뻐꾹.

낮에는 갔다가
밤에는 와 울면
당신이 날 그리는 소리라지요.

내일 모레는 일요일
두루두루 두루루
자전거 타고서 가리다.

빗소리

수수수수 수수… 쏘우
수수수수… 쏘우…
밤 깊도록 무심히 누워
비오는 소리 들어라.

아깝지도 않은 몸이라 세상사 이렇고,
오직 뜻하나니 나에게 뉘우침과 발원이
아, 이미 더럽힌 심령을
깨끗하게 하고저 나날이 한 가지씩이라도.

뚝 뚝 뚝… 뚝 뚝
비와 한가지로 쇠진한 맘이어 들어앉은
몸에는 다만 비 듣는 이 소리가 굵은 눈물과 달지 않아,
끊일 줄을 몰라라, 부드러운 중에도.

하 몰라라 인정은 불 붙는 것 젊음,
하룻밤 맺은 꿈이면 오직 사람되는 제 길을!
수수수수 수수… 쏘우
이윽고 비는 다시 내리기 시작할 때.

흘러가는 물이라 맘이 물이면

옛날에 곱던 그대 나를 향하여
귀여운 그 잘못을 이르렀느냐.

모두 다 지어 돋은 나의 지금은
그대를 불신 만전 다 잊었노라.

흘러가는 물이라 맘이 물이면
당연히 임을 잊고 버렸을러라.

그러나 그 당시에 나는 얼마나
앉았다 일어섰다 서러워 울었노.

그 연갑年甲의 젊은이 길에 어여도
뜬눈으로 새벽을 잠에 달려도,

남들이 좋은 운수 가끔 볼 때도,
얼없이 오다가다 멈칫 섰어도,

자네의 차부 없는 북도 빌며
덧없는 삶이라 쓴 세상이라

슬퍼도 하였지만 맘이 물이라
저절로 차츰 잊고 말았었노라.

술

술은 물이외다, 물이 술이외다.
술과 물은 사촌이외다. 한데
물을 마시면 정신을 깨우치지만서도
술을 마시면 몸도 정신도 다 태웁니다.

술은 부채외이다, 술은 풀무외이다.
풀무는 바람개비이외다, 바람개비는
바람과 도깨비의 어우름 자식이외다.
술은 부채요, 풀무요, 바람개비외다.

술, 마시면 취(醉)케 하는 다정한 술,
좋은 일에도 풀무가 되고 언짢은 일도
매듭진 맘을 풀어주는 시원스러운 술,
나의 혈관 속에 있을 때에 술은 나외다.
되어가는 일에 부채질하고
안 되어가는 일에도 부채질합니다.

그대여, 그러면 우리 한잔 듭세, 우리 이 일에
일이 되어가도록만 마시니 괜찮을 걸세.
술은 물이외다, 돈이 물이외다.
술은 돈이외다, 술도 물도 돈이외다.
물도 쓰면 줄고 없어집니다.
술을 마시면 돈을 마시는 게요, 물을 마시는 거외다.

술과 밥

못 먹어 아니 죽는 술이로다.
안 먹고는 못 사는 밥이로다.
별別하다 이 세상아 모를 일아
술을 좀 답지 않게 못 여길가.

술 한 잔 먹자하면 친구로다.
밥 한 술 나누자면 남이로다.
술 한 합에 돈 닷 돈 쌀은 서 돈
비싼 술을 주니 살틀턴가.

술이야 계집이야 좋다마는
밥 발라 올 때에도 그러할까
별하다 이 세상아 모를 일아
밥 나눌 친구 하나 못생길까.

세모감歲暮感

금년도 한해는 어디 갔노
두는 데 없건만 가는 세월.
온다는 새해는 어디 오노
값없이 덧없이 나이 한살.

걷는 길 같으면 돌아가리
걸을 길 같으면 쉬어가리
깨었을 말로는 자도 보리
꿈이라도 하면 깨어 보리.

모르는 글자도 아니지만
감았던 마음만 이르집네.
못 먹는 술이나 아니언만
간다사 원마다 술값 있네.

인종忍從

우리는 아기들, 어버이 없는 우리 아기들
누가 너희들더러, 부르라더냐.
즐거운 노래만을, 용감한 노래만을
너희는 안즉 자라지 못했다, 철없는 고아들이다.

철없는 고아들! 어디서 배웠느냐
"나는 냇가의 마른 갈대" 혹은,
철없는 고아들… 부르기는 하지만,
"배달나라 건아야, 나아가서 싸워라"

안즉 어린 고아들 — 너희는 주으린다,
학대虐待와 빈곤貧困에 너희들은 운다.
어쩌면 너희들에게 즐거운 노래 있을소냐?
억지로 "나아가 싸워라, 나아가 싸워라, 즐거워하라" 이는 억
　　지다.

사람은 슬픈 제 슬픈 노래 부르고,
즐거운 제 즐거운 노래 부른다.
우리는 괴로우니 슬픈 노래 부르자,
우리는 괴로우니 슬픈 노래 부르자. 그러나 조선祖先의.

슬퍼도 즐거워도, 우리의 노래에 건전健全하고
사뭇 우리의 정신精神이 있고
그 정신精神 가운데서야 우리 생존生存의 의의意義가 있다.
슬픈 우리 노래는 가장 슬프다.

"나아가 싸우라, 즐거워하라"가 우리에게 있을 법한 노랜가,
우리는 어버이 없는 아기어든.
부질없는 선동은, 우리에게 독이다.
부질없는 선동을 받아들임은
한갓 술에 취한 사람의 되지 못할 억지요,
제가 저를 상하는 몸부림이다.

그러하다고, 하마한들, 어버이 없는 우리 고아들
"나는 냇가의 마른 갈대"지 마라,
이러한 노래를 부를 것가, 우리에게는
우리 조선의 노래 있고야. 우리는 거지맘은 아니 가졌다.

우리 노래는 가장 슬프다,
우리는 우리는 고아지만
어버이 없는 아기어든,
지금은 슬픈 노래 불러도 죄는 없지만,
즐거운 즐거운 제 노래 부른다.
슬픔을 누가 불건전不健全하다고 말을 하느냐,
좋은 슬픔은 인종忍從이다.

다만 모든 치욕恥辱을 참으라, 굶어 죽지 않는다!
인종은 가장 덕德이다.
최선의 반항이다.
안즉 우리는 힘을 기를 뿐.
오직 배워서 알고 보자.
우리가 어른 되는 그날에는, 자연히 싸우게 되고,
싸우면 이길 줄 안다.

13

바
닷
가
의
밤

첫눈

땅 위에 녹으며
성긴 가지 적시며
잔디 뿌리 축이며
숲에 물은 흐르며
눈도 좋이 오고녀.

초열흘은 넘으며
대보름을 맞으며
목화송이 피우며
들에 안개 잠그며
꿩도 짝을 부르며
눈도 좋이 오고녀.

바닷가의 밤

한줌만 가느다란 좋은 허리는
품 안에 차츰차츰 졸아들 때는
지새는 겨울 새벽 춥게 든 잠이
어렴풋 깨일 때다 둘도 다 같이
사랑의 말로 못할 깊은 불안에
또 한끗 호쥬군한 옅은 몽상에.
바람은 쌔우친다 때에 바닷가
무서운 물소리는 잦 일어온다.
켱긴 여덟 팔다리 걷어채우며
산뜩히 서려오는 머리칼이여.

사랑은 달콤하지 쓰고도 맵지.
햇가는 쓸쓸하고 밤은 어둡지.
한밤의 만난 우리 다 마찬가지
너는 꿈의 어머니 나는 아버지.
일시 일시 만났다 나뉘어 가는
곳 없는 몸 되기도 서로 같거든.
아아아 허수럽다 바로 사랑도
더욱여 허수럽다 삶은 참말로.
아, 이봐 그만 일자 창이 희었다.

슬픈 날은 도적같이 달려들었다.

둥근해

솟아온다 둥근 해
해죽인다 둥근 해
끊임없이 그 자체
타고 있는 둥근 해.

그가 솟아올 때면
내 가슴이 뛰논다
너의 웃음소리에
내 가슴이 뛰논다.

물이 되랴 둥근 해
둥근 해는 네 웃음
불이 되랴 둥근 해
둥근 해는 네 마음.

그는 숨어 있것다
신비로운 밤빛에
너의 웃는 웃음은
사랑이란 그 안에.

그는 매일 걷는다.
끝이 없는 하늘을
너의 맘은 헤엄친다.
생명이란 바다를.

밝은 그 별 아래선
푸른 풀이 자란다
너의 웃음 앞에선
내 머리가 자란다.

불이 붙는 둥근 해
내 사랑의 웃음은
동편 하늘 열린 문
내 사랑의 얼굴은.

옛님을 따라가다 꿈 깨어 탄식함이라

붉은 해 서산 위에 걸리우고
뿔 못 영근 사슴이의 무리는 슬피 울 때,
둘러보면 떨어져 앉은 산과 거치른 들이
차례 없이 어루어진 외따로운 길을
나는 홀로 아득이며 걸었노라.
불서럽게도 모신 그 여자의 사당에
늘 한 자루 촛불이 타붙음으로.

우둑히 서서 내가 볼 때,
몰아가는 말은 워낭 소리 댕그랑거리며,
당주홍칠唐朱紅漆에 남견藍絹의 휘장을 달고
얼른얼른 지나던 가마 한 채.
지금이라도 이름 불러 찾을 수 있었으면!
어느 때나 심중에 남아 있는 한마디 말을
사람은 마저 하지 못하는 것을.

오오 내 집의 헐어진 문루門樓 위에
자리잡고 앉았는 그 여자의
화상畵商은 나의 가슴속에서 물조차 날건마는!

오히려 나는 울고 있노라
생각은 꿈뿐을 지어주나니.
바람이 나뭇가지를 스치고 가면
나도 바람결에 부쳐버리고 말았으면.

돈과 밥과 맘과 들

1
얼굴이면 거울에 비추어도 보지만, 하루에도 몇 번씩
비추어도 보지만, 어쩌랴 그대여 우리들의 뜻 같은 백白을
산들 한 번을 비출 곳이 있으랴

2
밥 먹다 죽었으면 그만일 것을 가지고
잠 자다 죽었으면 그만일 것을 가지고 서로가락 그렇지
어쩌면 우리는 쭉하면 제 몸만을 내세우려 하더냐
호미 잡고 들에 내려서 곡식이나 기르자

3
순직한 사람은 죽어 하늘나라에 가고
모질던 사람은 죽어 지옥 간다고 하여라
우리네 사람들아, 그뿐 알아둘진댄 아무런 괴로움도
다시없이 살 것을 머리 수그리고 앉았던 그대는
다시 「돈!」하며 건너 산을 건너다보게 되누나

4

등잔불 그무러지고 닭소리는 잦은데
여태 자지 않고 있더냐 다짐도 하지 그대 요밤 새면
내일 날이 또 있지 않우

5

사람아 나더라 말썽을 마소
거슬러 예는 물을 거스른다고
말하는 사람부터 어리석겠소

가노라 가노라 나는 가노라
내 성품 끄는 대로 나는 가노라
열두 길 물이라도 나는 가노라

달래어 아니 듣는 어린 적 맘이
일러서 아니 듣는 오늘날 맘의
장본이 되는 줄을 몰랐더니

6
아니면 아니라고
말을 하오
소라도 움마 하고 울지 않소

기면 기라고라도
말을 하오
저울추는 한곳에 놓인다오
가라고 한대서 기뻐 뛰고
아니라고 한대서 눈물 흘리고
단념하고 돌아설 내가 아니오

7
금전 반짝
은전 반짝
금전과 은전이 반짝반짝

여보오
서방님
그런 말 마오

넘어가요
넘어를 가요
두 손길 마주 잡고 넘어나 가세

여보오
서방님
저기를 보오

엊저녁 넘던 산마루에
꽃이 꽃이
피었구려

삼 년을 살아도
몇 삼 년을
잊지를 말라는 꽃이라오

그러나 세상은
내 집 길도
한 길이 아니고 열 갈래라

여보오 서방님 이 세상에
나왔다가 금전은 내 못 써도
당신 위해 천 냥은 쓰오리다

서로 믿음

당신한테 물어볼까 내 생각은
이 물과 저 물이 모두 흘린
무엇을 뜻함이 있느냐고?
죽은 듯이 고요한 골짜기엔
꺼림칙한 괴로운 몹쓸 꿈만
빛 검은 물이 되어 흐르지요
품 안아올려 누인 나의 당신
눈 없이 어룹쓰는 이 손길은
시로 내 가슴에서 치우세요
그러나 이보세요 여기야요
밝고 호젓한 보름달이
새벽의 흔들리는 물노래로
부끄러워 무서워 숨을 듯이
떨고 있는 물 밑을 못 보세요
아직 그래도 나의 당신
머뭇거림이 있는가요
저 산과 이 산이 마주 서선
무엇을 뜻하는 줄 아시나요

어려 듣고 자라 배워 내가 안 것은

이것이 어려운 일인 줄은 알면서도,
나는 아득이노라, 지금 내 몸이
돌아서서 한 걸음만 내어놓으면!
그 뒤엔 모든 것이 꿈 되고 말련마는,
그도 보면 엎드러친 물은 흘러버리고
산에서 시작한 바람은 벌에 불더라.

타다 남은 촉燭불의 지는 불꽃을
오히려 뜨거운 입김으로 불어가면서
비추어 볼 일이야 있으랴, 오오 있으랴
차마 그대의 두려움에 떨리는 가슴의 속을,
때에 자리잡고 있는 낯모를 그 한 사람이
나더러 「그만하고 갑시다」하며, 말을 하더라.

붉게 익은 댕추의 씨로 가득한 그대의 눈은
나를 가르쳐주었어라, 열 스무 번 가르쳐주었어라.
어려 듣고 자라 배워 내가 안 것은
무엇이랴 오오 그 무엇이랴?
모든 일은 할 대로 하여보아도
얼마만한 데서 말 것이더라.

봄못

갔던 봄은 왔다나
잎만 수북 떠 있다
헐고 외인 못물가
내가 서서 볼 때다.

물에 드는 그림자
어울리며 흔든다
새도 못할 물소용
물 면으로 솟군다.

채 솟구도 못하여
솟구다는 삼킨다
하건대는 우리도
이러하다 할쏘냐.

바람 앞에 풍겨나
제자리를 못 잡아
몸을 한곳 못 두어
애가 탈손 못물아.

한때 한때 지나다
가고 말 것뿐이라
다시 헛된 세상에
안정 밖에 있겠구나.

춘강 春崗

속잎 푸른 고울 잔디.
소래라도 내려는 듯,
쟁쟁하신 고운 햇볕
눈 뜨기에 바드랍네.

자주 들인 적은 꽃과
노란 물든 산국화엔,
달고 옅은 인새 흘러
나비 벌이 잠재우네.

복사나무 살구나무,
불그스레 취하고,
개창버들 파란 가지
길게 늘여 어리이네.

일에 갔던 파린 소는
서룬 듯이 길게 울고,
모를 시름 조던 개는
다리 뻗고 하품하네.

청초靑草 청초 우거진 곳,
송시송이 붉은 꽃숨,
꿈같이 그 우리 님과
손목 잡고 놀던 델세.

세월은 지나가고

지난해 첫새벽에 뵈던 그림자
이해에도 외론 맘 또 비춰준다
저 산 너머 오십 리 길 좋다 해도
난 모릅네 오던 길 어이 바꾸노

무엇에다 비길꼬 나의 그 임을
새까말새 밤하늘 소낙비 쏼쏼
진흙 맘에 도는 맘 방향 모를 제
비 개니 맑은 달 반가운 것을

시름 많은 이 세상 어이 보낼꼬
쓸쓸할시 빈들엔 꽃조차 없고
가는 세월 덧없다 탄식을 말게
갈수록 임의 말은 속에 스미네

저녁

실 비끼듯 건너 맨 땅끝 아래로
바죽이 떠오르는 주홍의 저녁.
큰 두던 적은 두던 어울만이오.
물결은 힐끔하다 곳은 개구역

버스럭 소리 나는 나무 아래로
나가면 길을 좇아 몸은 어디로
아아 이는 맘대로 흘러 떠돌아
집 길도 아닌 길에 오늘도 하루.

밤은 번쩍거리는 검은 못물에
잠기는 초승달이 힐끔하거든
아니 아직 저녁엔 빛이 있구나
아아 다시 그 무엇 오는 밤에는.

달밤

저 달이 날더러 속삭입니다
당신이 오늘밤에 잊으신다고.

낮같이 밝은 그 달밤의
흔들려 멀어오는 물노래고요,
그 노래는 너무도 외로움에
근심이 사뭇되어 비낍니다.

부승기는 맘에 갈기는 때에
그지없이 씨달픈 이내 넋을,
주님한테 온전히 당신한테
모아 묶어 바칩니다.

그러나 괴로운 가슴에 껴안기는 달은
속속들이 당신을 쏠아냅니다……
당신이 당신이 오늘밤에 잊으신다고
내 맘에 미움함이 불서럽다고.

실버들

실버들을 천만사 늘어놓고도
가는 봄을 잡지도 못한단 말인가

이내 몸이 아무리 아쉽다기로
돌아서는 님이야 어이 잡으랴

한갓되이 실버들 바람에 늙고
이내 몸은 시름에 혼자여위네

가을 바람에 풀벌레 슬피 울 때에
외로운 밤에 그대도 잠 못 이루리

14

첫사랑

님 생각

맑은 하늘 떠도는 하얀 구름은
물에 어려 고요히 흘러내리고
바람비도 지나간 나의 마음엔
님의 얼굴 뚜렷이 다시금 뵈고.

외론 맘 둘 곳 없어 산에 오르니
파랗게 풀 자랐네, 옛날 동산에.
우리 님 어디 간고, 님을 부르니
메아리뿐 심회는 채울 길 없네.

거친 들 맑은 물에 어려도는 님
기쁜 맘 못내 금해 가까이 가니
어두운 내 그림자 어린 탓일까
님의 길은 또다시 흐르고 마네.

들고 나는 세월의 덧없는 길은
꽃은 졌다 또다시 새 움 돋아도
떠나신 님의 수렌 왜 안 돌아오노
모래밭에 자욱은 어지러워도.

봄바람

바람아, 봄에 부는 바람아,
산에, 들에, 불고 가는 바람아,
자네는 어제 오늘 새 눈 트는 버들가지에도 불고
파릇하다, 별 가까운
언덕의 잔디 풀, 잔디 풀에도 불고,
하늘에도 불고, 바다에도 분다.

오! 그리운, 그리운 봄바람아,
자네는 몽골의 사막에 불고,
또 복지나의 고허에 불고, 압록강을 건너면
신의주, 평양, 군산, 목포, 그곳을 다 불고
호젓한 새, 외로운 섬 하나,
그곳은 제주도, 거기서도 불고,
다시 불고 불고 불어 남양을 지나,
대마도도 지나서 그곳 나라의
아름답다, 예쁜 산천과 살뜰한 풍물이며,
또는 웃음 곱기로 유명한 창기들의 너그러운 소매며 이상한
      비단 띠
또는 굵은 다리 살을 불어주고,
근대적 미국은 더 잘 불어주겠지!

푸른 눈썹과 흰 귀밑과, 불룩한 젖가슴,
모던 여, 모던 아희, 세상의 첨단을 걷는
그들의 해죽이는 미혹의 입술과 술잔을 불고 지나,
외교의 소용돌이, 구라파의 사기사와
기계업자와 외교관의 혓바닥을 불고,
돌고 돌아, 다시 이곳, 조선 사람에
한 사람인 나의 염통을 불어준다.

오! 바람아, 봄바람아, 봄에 봄에
불고 가는 바람아, 쨍쨍히 비치는 햇볕을 따라,
자네는 부잣집 시악시의 머리 아래 너그럽고 흰 이마의
레 – 드 푸드, 미끄러운 육체에도 불고
우리 집, 어둑한 초막의 너저분한 방 안에 꿈꾸며 자는
어린 아기의 가여운 뺨도 어루만져준다.

인제 얼마 있으면, 인제 얼마 있으면,
오지꽃도 피겠지!
복숭아도 피겠지!
살구꽃도 피겠지!
창풀 밭에 금잉어,
술안주도 할 때지!
아! 자네는 갇혀있는 우리의 마음을 그 얼마나 꾀이노!

박넝쿨의 타령

박넝쿨이 에헤이요 벋을 적만 같아선
온 세상을 얼사쿠나 다 뒤덮는 것 같더니
하더니만 에헤이요 에헤이요 에헤야
초가집 삼간을 못 덮었네, 에헤이요 못 덮었네.

복숭아 꽃이 에헤이요 피일 적만 같아선
봄 동산을 얼사쿠나 도맡아 놀 것 같더니
하더니만 에헤이요 에헤이요 에헤야
나비 한 마리도 못 붙잡데, 에헤이요 못 붙잡데.

박넝쿨이 에헤이요 벋을 적만 같아선
가을 올 줄을 얼사쿠나 아는 이가 적으니
얼사쿠나 에헤이요 하룻밤 서리에, 에헤요
잎도 줄기도 오그라 붙고 둥근 박만 달렸네.

봄바람 바람아

봄에 부는 바람아
산에, 들에, 불고 가는 바람아
돌고 돌아 다시 이곳
조선 사람에 한 사람인
나의 염통을 불어준다

오, 바람아 봄바람아
봄에 봄에 불고 가는 바람아

쨍쨍히 비치는 햇볕을 따라
인제 얼마 있으면
인제 얼마 있으면 오지?
꽃도 피겠지!
복숭아꽃도 피겠지!
살구꽃도 피겠지!

첫사랑

아까부터 노을은 오고 있었다
내가 만약 달이 된다면
지금 그 사람의 창가에도
아마 몇 줄기는 내려지겠지

사랑하기 위하여
서로를 사랑하기 위하여
숲속의 외딴 집 하나
거기 초록 빛 위 구구구
비둘기 산다

이제 막 장미가 시들고
다시 무슨 꽃이 피려한다

아까부터 노을은 오고 있었다
산 너머 갈매 하늘이
호수에 가득 담기고
아까부터 노을은 오고 있었다

절제

튼튼한 몸이라고 몹시 쓸 줄 또 있으랴
쓸데야 안 쓰랴만 부질없이 안 쓸 것이
늘 써야하는 이 몸이 한평생인가 합니다.

물보다 흠이 없는 몸 진흙 외려 탓이 없다
불보다 밝은 지혜 검정만도 못하여라
바람 같이 활발튼 기개 망부석 부끄러워합니다.

지는 잠 잠 아니라 귀신 사람 그새외다
먹는 밥 밥 아니라 흙을 씹는 맛이외다
게다가 생각이라고 먹물인 듯합니다.

죽자면 모르지만 명 아닌데 죽을 건가
살자면 사는 동안 몸부터 튼튼코야
튼튼치 못한 몸을 튼튼히 쓰려 합니다.

질기다면 질긴 것이 사람 몸 위에 없으리
하다고 마구 쓰면 질긴 것은 어디 있노
하여튼 방금에 괴로운 몸을 서러워합니다.

단장

하늘도 밝다! 참 밝기도 하구나
그러나 내 하늘 쳐다보지 않겠네,
그 하늘 못났네. 나보다 못났네.
잘난 하늘 있는가? 잘난 사람 있는가?

그 사람 마음 나도 모르노라,
다른 이의 마음은 다 알아도.
저도 그러리라, 이 마음을 제 어찌 알랴.

속았다, 속았다, 나 속았다.
그 사람 날 버리고 갔네.
이렇게 속을 줄이야 내 몰랐다.
그 사람, 왜, 날 버리고 갔나?
나, 몰랐네, 나 모르겠네, 참 모르겠네.

그 사람 내 말 듣고 세 번 왔네, 꼭 세 번 왔네.

세 번씩은 왔었더라도 말 한마디는 못해 봤네.

남 알리지 못할 말이라니, 맘으로 고이 싸서 가슴속에 두고 알
자.

엘화! 이곳, 산에는 수풀 있고, 강 강변에 갈밭 있네.

이달 스무날 달뜨거든, 어스름 달 되어주소,

수풀도 좋고, 갈밭도 좋네, 하지만은

그 사람, 내 말을 또 한 번 더, 들어줄런가? 아니 들어.

「왔소, 왔소, 편지 왔소.

간밤에 꿈 좋더니, 임에게서 편지 왔소.」

그렇소, 바로말로 아는 이 있어 편지라도 오고가면

사막 같은 이 세상 괴로움도 간혹 잊고 살기 좋은 때도 있을게요.

제비2

오늘 아침 먼동이 틀 때 강남의 더운 나라로
제비가 울며불며 떠났습니다.

잘 가라는 듯이 살살 부는
새벽의 바람이 불 때에 떠났습니다.

어미를 이별하고 떠난 고향의
하늘을 바라보던 제비이지요.

길가에서 떠도는 몸이 길래 살살 부는
새벽의 바람이 부는데도 떠났습니다.

하늘

높고도 푸른 저 하늘!
날마다 쳐다 보이는 저 하늘
하늘을 바라보며
나는 한숨 지노라

기원

저 행길을 사람 하나 차츰 걸어온다, 너풋너풋,
흰 적삼 흰 바지다, 빨간 줄 센 타올 목에 걸고
오는 것만 보고라도 누군고 누군고 관심하던
그 행여나 인제는 없다, 아아 왜 이렇게 되었노!

오는 공일날 테니스 시아이, 반공일날 밤은 웅변회
더워서 땀이 쭐쭐 난다고 여름날 수영 춥지 추운 겨울 등산,
그 무서운 이야기만 골라가며 듣고는 우야 집으로 돌아가는
　　시담회의 밤!
호기도 용기도 인제는 없다, 아아 내가 왜 이렇게 되었노!

동양도 도쿄의 긴자는 밤의 귓속말 잘하는 네온사인 눈매를
　　좇아가고 싶어,
아무렇게라도 해서 발편하고 볼품 있는 여름 신 한 컬레 사야
　　만 된다
벌어서 땀 흘리고 남은 돈, 그만이나, 친구위해 앗기우고 말던
웃기지도 선뜻도 인제는 없다, 아아 내가 왜 이렇게 되었노!

컵에는 칫솔과 치약, 대야에는 비누를 담아들고
뒤뜰을 나서면, 저 봐! 우물 지붕에 새벽달, 몸 깨끗이 깨끗이
  씻고,
단정히 꿇어앉아 눈 감고 빌고 빌던, 해 뜨도록
그 비난수를 내 마음에다 도로 줍소사! 아아 내가 왜 이렇게
  되었노!

일야우

놀라 깨친 새벽꿈에 창을 열고 썩 나서니
난간에 달이로다 강산 일야우에
실버들 동구류는 희미할손 춘색인데
계견은 짓거리고 동천이 밝아온다
조화라 조화라 방안에는 다정한 임이여

의와 정의심

1

합태돈 무엇이며 자리는 무엇인가
죽어서 있고 없고 그조차야 알랴마는
한세상 진정코 못할 것도 있다합니다

욕심도 아니라우 위해함도 아닐께라
그야 꼭 죽은 뒤도 하고서야 말리란 마음!
정녕코 못할 그와 함께할 것 또한 있는 줄로 압니다

된다든 안된다든 그 상관을 하는 게며
한 몸이 어찌됨을 처음부터 몰랐어라
그 마음 하라는 대로 하는 것이 사람이라 합니다

2

있다던 그 넋이야 하마 어찌 났으랴만?
없다 하든 그 행신이 생긴 줄은 뉘 알리랴
안 듯이 남모를 제 저 또한 몰랐던 그 마음을 웁니다

아흔 날 좋은 봄에 불씨 있는 도이화야
잡풀 속 저 소나무를 철부지라 웃지 마라
천백 년 그럴듯한 아름드리 큰 소나무를 네가 어찌 알소냐

가을

검은 가시의 서리 맞은 긴 넝쿨들은
시닥나무의 꾸부러진 가지 위에,
회색의 꿀 벌통 구멍에도 벋어 말라서
아픈 가을은 더 쓰리게 왔어라.

서러워라, 인 눌린 우리의 가슴아!
겉으로는 사랑의 꿈 발아래
아! 나의 아름다운 붉은 물가의,
새로운 밀물만 스쳐가며 밀려와라.

차와 선

차타고 서울 가면
금상님 계시드냐

차타고 배타고 동경 가서
금상님 계신 곳에 뵈옵시다

이제 다시 타게 되면
북으로 북으로 러시아의
옷과 밥 참배차 가보리라

옷

술 냄새 담배 냄새 물 걸린 옷
이 옷도 그대의 입혀주심
밤비에 밤이슬에 물 걸린 옷
이 옷도 그대의 입혀주심

그대가 내 몸도 입히신 옷
저 하늘 같기에 바랐더니
갈수록 물 낡는 그대의 옷
저 하늘 같기에 바랐더니

15

미발표 미수록 및 나중에 추가한 시

작은 방 속을 나 혼자

찬 안개는 덮어 나리는 흰 서리로
처젖은 잎은 아득이는 이 저녁
아, 의지 없는 내 영은 떨며 울어라
늙음을 재촉하는 서러운 나이여

가려는 어둠은 나뭇가지에 걸리며
씨앗은 잎 아래로 뿌려 스며라
먼 지구의 하늘 그림자로 들면서는
검은 머리 하루 함께 스러지어라

이요

검정 치마 흰 저고리
시름에 큰 맏딸 아기
우물길에 나가지 마라
붕어 새끼 놀라리라
검정 치마 흰 저고리
오막 집에 맏메구리
밤물일랑 긷지 마라
미꾸라지 놀라리라

불청추청

그대가 평양서 울고 있을 때
나는 서울 있어서 노래 불렀네
인생은 물과 구름 구름이라고
노래 노래 부르며 탄식 하였네.

홍릉에 넓은 동산 풀이 마르고
고향의 강 언덕에 자개 널리니
지금은 속속들이 생각이 나며
그대 그대 부르며 나는 오노라.

그대는 오늘날도 떠도는 계집!
인생은 물과 구름 구름일러라
쳐다보니 가을의 느린 하루는
강 건너 저기 저편 해가 지누나.

불탄 자리

시냇물 소리 들리며,
맑은 바람 스쳐라.
우거진 나무 잎새 속에 어두컴컴한 인가들.
들어봐 사람은 한둘씩 모여서서 수근거려라.

내려앉은 서까래 여기저기 널리고,
타다 남은 네 기둥은
주춤주춤 꺼질 듯 그러나 나는 그 중에
불길이 핥다간 화초밭 물끄러미 섰구나.

짓까불던 말썽과 외마디 소리와
성마른 꾸지람 다시는 위로와 하소연도,
불길과 같이 스러진 자리
여봐라 이 마음아 자려면 불안을 내버려라.

다시는 내일날
맑게 개인 하늘이 먼동 터올 때
깨끗한 심장과 알뜰한 솜씨로
이 자리에 일 잘하려고 내 남은 노력을!

더욱더욱 이것을 이러고 보니,
시원한 내 세상이 내 가슴에 오누나.
아니나 밤바람 건드리며 별 눈이 뜰 때에는
온 이 세상에도 내 한 몸뿐 감격에 넘쳐라

사계월

몽사는 하유런고 자던 잠을 깨우치니
부훈이 요응연옥병에 연지는 냉랭쇄금장인데
알괘라 이 어내 곳고
정중사계만 읍월색을 하노라

춘채사

춘채춘채 푸르렀네
꽃잎 속잎 골라 따서
낭군님부터 먹여지라
낭군님부터 먹여지라
나비나비 오누나

잠 못 드는 태양

이 잠 못 드는 태양아!
우울한 별아!
그 빛은 두려움으로 떨면서
눈물지으며 연기로 타오르고 저 멀리서
저 끝없는 차가운 그림자를 나타내 보이는 것을
어차피 흩어버려 좇을지라도
그 바다에 이르지 못하나니
하여 못 견디게 그리울지라도
이미 멸망해 타 없어질 것을 어찌하랴
찬란한 빛으로 한때 빛나는 다른 나날들이 있을지라도
힘없는 사양을 적실뿐이로다
밤은 흐릿한 눈초리를 가지고 바라보며 잠 못 들어
선명한 그러나 머나먼
뚜렷한 그러나 머나먼
선명한 그러나 아 얼마나 추운 곳인가!

배

개여울에 닻 준 배는
내일이라도
순풍만 불 말로 떠나간다고

개여울에 닻 준 배는
이 밤에라도
밀물만 밀 말로 떠나간다고

물밀고 바람 불어
때가 될 말로
개여울에 닻 준 배는 떠나갈 테지

은대촉

동방에 달이 지고
입주렴효성토록
님의 청삼 일야중에
스을고 난 몸이어다
오히려 은대쌍병은
희미하게 붙나니

농촌 처녀를 보고

뽕따고 나물 캐는
아리따운 저 처녀의
새하얀 가슴속에
넘치는 붉은 사랑
진주 같은 그 사랑

그 누가 엿보랴
춘정에 움직이는
부끄러운 그 미소
맑은 공기를
가벼이 흔드누나

오일 밤 산보

초여드레 넘으며
밤마다도 달빛은 밝아오는데,
이제 스무날까지는 밤마다 밤마다도
들에 거닐기 좋으리라 바로 지금 이대로.

논두렁 좁은 길 어둑어둑하지만
우거진 아가시아 숲 아래 배어오는 향기는
건드리는 바람에 빗겨라 풀숲 사이로,
밤일하는 농부의 담뱃불 깜빡일 때.

희슴프스레 보이는 것 달빛에 번득이며,
저 넘어 편 치달아 벋은 고개로
네 활개 치면서
저문 길손 지내는구나.

돌아가는 좁은 길은 꽃조차 없는데,
가다가는 멈추고 우뚝 서서
넋 없이 풀벌레 소리를 들어라,
푸른 하늘 아래의 밤은 희고 밝은데.

아주 밤은 점점 깊느냐,
인간보다도 달빛이 더 가까워오누나
외로운 몸에는 지어버린 세상이여,
기대나 있더냐 희망이나 있더냐 이제조차.

쉬어가자 더욱 이 청풀판이 좋구나,
푸르스름한 무늬여 얼은 달빛에
번득이는 이슬방울은 벌써 맺혔구나,
그저그저 이대로 거닐다가 들어가서 잠자자.

함구

월색은 생비취요 우성은 전류리라
입을 물고 앉았으니 그지없는 신사로다
내리우는 수정렴에 자던 바람만 놀래라

빚

겨우나 새벽녘에 이룬 잠이
털빛 시커먼 개 한 마리
우리 집 대문 웃지방에
목매달려 늘어져 되롱되롱
숨이 끊어지는 마지막 몸부림에
가위 눌려 깨어보니
뭉클도 하다 내 마음에
무엇이 있는가, 아아 빚이로다.
아아 괴로워라, 안타까운 내 마음의 가름재야.

인간미

어스름 황혼 부드러운 바람
바람결조차 달려오는 울리움
그것이 죽어가는 인생의 권태의 소리외다.

붉은 저고리 푸른 치마
손뼉 치고 노래하는 무리
그것은 생의 악동의 곡조입니다.

구석구석 틈 하나 없이
백 마리 천 마리 돌돌버러지
그것은 생이란 줄을 쏘는 무덤의 사자외다.

죽음의 부르짖음, 생의 노래
무덤의 사자
나는 여기서 인간이란 별맛을 맛봅니다.

문견폐

유색은 청정비 개이자 영창 전에 달이로다
님조차 오실 말로 봄뜻 일시 분명할손,
문견폐 소리를 유심하여 듣나니

16

번역시

- 김소월의 한시 번역 시 중에서 우리도 잘 알고 있는 중국의 가장 유명한 시
  인 3인의 시 한 편씩을 골라 3편을 실었다. 소월의 번역시는 우리로 하여금
  번역, 특히 시의 번역이란 무엇인가를 다시 한 번 묻게 한다. 소월은 원작의
  '말뜻'을 옮기는 것이 아니라, 그들의 시에 담겨 있는 혼이나 넋을 자신이 온
  몸에 두루고 우리말 버전으로 다시 썼다고 할 수 있다. 따라서 소월의 번역
  시는 시성이라 추앙받는 두보, 백거이, 이백이 우리나라 사람으로 살아서
  되돌아와 다시 쓴다 해도, 소월의 서정과 감동을 따르지는 못할 것이다.

봄[01]

이 나라 나라는 부서졌는데
이 산천 여태 산천은 남아 있더냐
봄은 왔다 하건만
풀과 나무에 뿐이어

오! 서럽다 이를 두고 봄이냐
치워라 꽃잎에도 눈물뿐 흩으며
새 무리는 지저귀며 울지만
쉬어라 이 두근거리는 가슴아

못 보느냐 벌겋게 솟구치는 봉숫불이
끝끝내 그 무엇을 태우려 함이요
그리워라 내 집은
하늘 밖에 있나니

애달프다 긁어 쥐어뜯어서
다시금 짧아졌다고
다만 이 희끗희끗한 머리칼 뿐
이제는 빗질할 것도 없구나

---

01 두보(712~770, 중국 당나라 시인)의 春望

한식[02]

가지가지 우뚝한 높은 나무에
까마귀와 까치는 울고 짖을 때
이월에도 청명에 한식날이라
들려오는 곡소리 오 오 곡소리

거친 벌에는 벌에 부는 바람에
종이돈은 흩어져 떠다니는 곳
무더기 또 무더기 널린 무덤에
푸릇푸릇 봄풀만 돋아나누나

드믄드믄 둘러선 백양나무에
청가시의 흰 꽃이 줄로 달린 곳
아아 모두 아주 간 깊은 설움의
차마 말로 다 못할 자리일러라

가도 가도 또 가도 살아 못가는
황천에서 곡소리 어이 들으랴
서러워라 저문 날 뿌리는 비에
길손들은 제각각 돌아갈네라

밤 까마귀[03]

까악 까악 꽉 꽉 꽉……
한 모루 두 모루
황운성
돌아들어 이곳은 진천 땅

베틀에 앉았던 젊은이는
베고 북이고 다 던지네
꽉 꽉 꽉 꽉 소리는
까마귀도 집 찾는 소리요

파르스름한 비단 창
넘는 볕이 잦으며
그 창밖으로는 고요히
끊어졌다 이어지는 말소리

밤마다 밤마다
외로운 잠자리
사사모사로 임 그리워
생각하다 못해서 우노라

03　이백(791~762, 중국 당나라 시인)의 烏夜啼

김소월 연보

1902년 (1세)

9월 7일 평북 구성군 서산면 왕인동 외가에서 출생. 아버지 김성도와
어머니 장경숙 사이의 장남으로, 본명은 정식이고 본관은 공
주이며, 조부인 김상주가 대지주였으며 광산업을 경영했던
까닭에 집안의 경제적 형편은 넉넉한 편이었다고 전해진다.
조부는 유교 사상에 철저했지만 근대 문물에 대해서도 비교
적 개방적이었다고 전해진다.

1904년 (3세)

부친이 처가에 친행을 가던 중 정주와 곽산 사이의 철도를 부
설하던 일본인들에게 폭행을 당하는 사건이 발생했다. 이 사
건으로 인해 부친은 평생 정신이상 증세로 불구의 삶을 살았
다고 한다.

1905년 (4세)

삼촌과 결혼하여 한 집에 살게 된 숙모(계희영)로부터 고대소
설과 전설 및 민담을 즐겨 들었으며, 자신이 들은 이야기들을
구술할 정도로 기억력이 비상했다고 한다.

1907년 (6세)

조부는 독서당을 개설하고 훈장을 초빙하여 한문공부를 시켰
다고 한다.

1909년 (8세)

남산소학교에 입학한 소월은 머리가 총명하여 신동이라 불렸으며 이승훈, 김시참 선생의 강연을 듣고 민족의식에 눈을 떴고 서춘 선생의 지도로 문학수업을 받았으며 글쓰기에 능숙했지만 부친의 정신병이 악화되어 집안 분위기가 우울한 편이었음.

1913년 (12세)

동네에 퍼진 장질부사로 4개월간 앓고 학교는 휴학함.

1915년 (14세)

남산 소학교를 졸업(8회)하고 마땅히 진학할 곳을 찾지 못해 3년 정도 고향에 머물렀고 이해 4월에 오산학교 중학부에 입학한 것으로 기록된 경우도 있지만 분명치는 않음.

1916년 (15세)

할아버지 지시로 구성군 평지동의 남양 홍씨 명희의 딸 단실과 결혼함.

1917년 (16세)

4월 고향 인근의 오산학교 중학부에 입학함. 남강 이승훈이 설립한 이 학교의 교장은 조만식이였다. 그 영향으로 민족의식을 키우게 되었다고 하며 스승 안서를 만나 본격적인 문학수업을 받고 시작에 손을 댔으며 소월의 초기시 중 상당수는 오산학교 시절에 창작된 것이라고 한다.

1919년 (18세)

민족의식이 팽배해 있던 오산학교에서 교육받은 소월은 3.1

운동이 발발하자 이에 적극 참여하였고 3.1운동의 여파로 오산학교가 일시 폐교되어 학업을 중단할 수밖에 없었으며, 나중에 졸업예정자로 수료장만 받았다고 한다.

1920년 (19세)

안서의 지도로 창작에 매진하고 『창조』 2호에 「낭인의 봄」 등을 발표하여 문단에 데뷔.

1922년 (21세)

4월 배재고등보통학교 5학년에 편입하여 우등생으로 1년간 다녔다.

1923년 (22세)

배재고등보통학교 졸업(제7회). 4월에 일본 동경상대에 진학하기 위해 도일했지만, 9월에 발생한 관동대지진으로 인해 일시 귀국했다가 학업을 중단하고 귀국 후 4개월간 서울에 머물면서 안서, 나도향 등과 교류하면서 문단 활동을 했다.

1924년 (23세)

안서가 주선한 동아일보 지국개설을 약속받고 귀향해서 조부의 광산일을 도우며 소일하고 영변 여행 중 채란이를 만나 「팔베개 노래」의 소재 얻었다. 김동인, 김찬영, 임장화 등과 함께 『영대』동인이 되고. 처가인 구성군 서산면 평지동으로 이사하였으며, 이해에 장남 준호俊鎬를 낳았다.

1925년 (24세)

12월 시집 『진달래꽃』을 간행하고, 시론 「시혼」을 『개벽』(5호)에 발표했다.

1926년 (25세)

처가인 평북 구성군 남시에서 동아일보 구성지국을 개설하여 운영하면서 차남 은호를 낳았다.

1927년 (26세)

나도향의 요절로 충격을 받고 자살 충동을 느끼고 고리대금업에 손을 대었지만 잇따른 사업 실패로 인해 낙담하는 가운데 술로 지새는 날이 많아졌다고 하며 시작詩作에서 거의 손을 뗐다고 한다.

1932년 (31세)

3남 정호를 낳았으며, 독립운동가 배찬경의 망명자금을 대주고 일경의 감시를 받고 만주행을 꿈꿨으나 실패했다고 전해진다.

1934년 (33세)

12월 24일　고향 곽산에 가서 성묘하고 난 뒤 12월 24일 아침 8시경 싸늘한 시체로 발견됨. 아편을 먹고 자살했다는 말도 전해지지만, 사인은 정확하게 알 수 없다. 월남한 유일한 친자 정호에 의하면 묘지는 구성군 서산면 평지동 터진 고개에 안장되었다가 후에 서산면 왕릉산으로 이장하였다 했다.

1935년 (사후 1년)

1월 14일　김안서, 조선중앙일보에 '요절한 박행 시인 소월에 대한 추억' 발표.

1948년 (사후 14년)

1월 20일　중등국어 1학년 교과서에 '엄마야 누나야'가 수록.

1952년 (사후 18년)

3월 1일 　고등국어 1-2 교과서에 '금잔디' 외 6편의 시가 수록.

1955년 (사후 21년)

9월 27일 　20주기 추모 시낭송회가 서울 동방문화회관에서 열렸고 사
　　　　　회는 김광섭, 문학강의는 양주동, 백철, 시낭송은 양명문, 모
　　　　　윤숙 등이 했다.

1957년 (사후 23년)

4월 20일 　영화 〈산유화〉가 서울 중앙극장에서 상영됨. 주연은 신귀환,
　　　　　장혜경. 감독 이용민. 제작은 아세아영화사.

1958년 (사후 24년)

5월 20일 　영화 〈산유화〉가 문교부가 선정한 국산영화 촬영상 수상.

1959년 (사후 25년)

5월 29일 　영화 〈사노라면 잊을 날 있으리라〉가 개봉했다. 조영암 원작,
　　　　　유주연 감독.

1962년 (사후 28년)

5월 26일 　영화 김소월 일대기 〈불러도 대답 없는 이름이여〉가 서울 명
　　　　　보극장에서 상영됐다. 감독은 전웅중, 주연은 김진규, 최은희.

1966년 (사후 32년)

10월 10일 　프랑스어 번역본 〈한국 현대시집〉에 소월의 시 18편 수록.

12월 20일 　영화 〈산유화〉가 다시 제작, 서울 명보극장에서 상영됐다. 감
　　　　　독 박종호, 주연은 신영균, 고은아.

1968년 (사후 34년)

4월 20일 한국일보사는 서울남산에 소월 시비 '산유화'가 세움

12월 19일 영화 〈엄마야 누나야 강변 살자〉가 개봉됐다. 감독은 최운,
주연은 신성일, 윤정희

1969년 (사후 35년)

6월 25일 영화 〈못잊어〉가 국도극장에서 상영됐다. 감독은 박구, 주연
은 신영균, 남정임.

1973년 (사후 39년)

8월 23일 KBS 한국방송 제1TV에서 '명작의 고향', 김소월의 〈진달래
꽃〉이 방영됐다.

1976년 (사후 42년)

1월 31일 영화 〈왕십리〉가 국도극장에서 상영됐다. 감독은 임권택, 주
연은 신성일, 김영애.

1979년 (사후 45년)

12월 3일 극단 성좌가 국립극장에서 〈못잊어〉를 공연했다.

1981년 (사후 47년)

10월 20일 정부로부터 금관문화훈장 수여.

1982년 (사후 48년)

9월 6일 MBC 문화방송 제정 한국 가곡 공로상(가사부문)을 수상.

10월 23일 MBC 문화방송 TV 주말연속극 〈못잊어〉 방영됐다. 주연은
정애리, 이덕화.

1983년 (사후 49년)

2월 21일　MBC TV 〈산유화〉 일일 연속극 방영됐다. 연출은 김수동, 주
　　　　　연은 임동진, 김자옥.

1984년 (사후 50년)

9월 12일　김소월의 시 〈진달래꽃〉 등 300여 편이 외국어로 번역됨.

1986년 (사후 52년)

6월 8일　음악평론가 이상직 씨가 김소월의 시 140여 편이 가곡으로 작
　　　　　곡되었다고 동아일보에서 보도 되었다.

1987년 (사후 53년)

2월 1일　월간 〈문학사상〉에서 '소월시문학상'을 제정하고 제1회 수상
　　　　　자 오세영

4월 6일　KBS 1TV에서 정비석 원작 〈산유화〉를 방영했다. 연출은 전
　　　　　세권, 주연은 유동근, 전인화

5월 13일　오산학교 개교 80주년 기념 김소월 자료전시회.

7월 12일　KBS 1TV에서 비디오 인물전 〈소월 김정식〉을 방영했다.

10월 28일　제1회 시의 날 기념 시극 김소월의 〈진달래꽃〉을 공연했다.
　　　　　　출연은 김성녀.

1990년 (사후 56년)

9월 1일　대한민국 문화부에서 '이달의 문화인물'로 김소월을 선정.

1991년 (사후 57년)

9월 23일　영화 〈산산이 부서진 이름이여〉가 국도극장에서 상영됐다.
　　　　　제작 신성인 감독은 정지영.

1993년 (사후 59년)

5월 10일　KBS 2TV 수목드라마 〈왕십리〉를 방영됐다. 주연은 천호진, 금보라.

6월 26일　배제대학교에서 '소월 청소년문학상'을 제정하고 제1회 시상식.

1997년 (사후 63년)

3월 2일　MBC 문화방송 아침드라마 〈못잊어〉를 방영했다. 연출 최창욱, 극본 최순식, 출연은 선우재덕 등.

6월 20일　서울시 성동구에서 〈왕십리〉 시비를 세움.

12월 6일　김소월 일대기 〈꽃이여, 바람이여〉를 김복희 무용단이 정동극장에서 공연했다.

1999년 (사후 65년)

5월 27일　한국예술평론가협회에서 주는 20세기를 빛낸 한국의 예술인상을 수상.

2000년 (사후 66년)

11월 12일　MBC TV 주말연속극 〈엄마야 누나야〉를 방영했다. 연출은 이관희, 주연은 안재욱, 황수정.

2002년 (사후 68년)

12월 22일　김소월 기념사업회와 김소월 문학상을 제정하고 시상.

2010년 (사후 76년)

9월 28일　서울시 성동구에서 세운 '왕십리' 시비를 왕십리역 광장으로 이전했다.

2011년 (사후 77년)

10월 9일   KBS 1TV 한글날 특집 〈김소월, 아프리카에 가다〉를 방영했다.

11월 12일   소월 아트홀에서 소월 유스 심포니 오케스트라 창단 공연을 했다.

12월 30일   배제대학교 문화예술학부 단과대학 명칭을 '김소월 대학'으로 변경함.

2012년 (사후 78년)

2월 21일   숙명여대 가야금 연주단이 소월아트홀에서 '소월에서 소월을 만나다'를 공연했다.

6월 1일   서울 성동구에서 소월 탄생 110주년 기념 문학콘서트 '소월을 노래하다'를 공연했다.

2013년 (사후 79년)

10월 7일   소월 시 〈산유화〉 한국역사 박물관에 문화의 달 기념으로 게시.

2014년 (사후 80년)

8월 28일   서울 강남구청에서 소월 음악회 '시가 노래되어'를 주최, 공연했다.

11월 15일   부천예술포럼이 부천시청역 갤러리에서 소월 80주기 추모 콘서트를 개최했다.

2015년 (사후 81년)

5월 1일   세종문화회관에서 김소월 시집 『진달래꽃』 발간 90주년 기념 특별전을 백석대학교가 주최하고 개최했다.

10월 9일   KBS 1TV 한글날 특집 〈김소월 브라질을 가다〉 방영.

10월 19일	소월 아트홀에서 목월 탄생 100주년 기념 '소월, 목월을 만나다'가 개최됐다.
12월 1일	〈월간문학〉 12월호에 '김소월 시집 『진달래꽃』 발간 90주년 기념 특집〈김소월 시집은 왜 베스트셀러가 되었을까〉가 게재.
12월 19일	김소월 시집 초간본 『진달래꽃』이 1억 3,500만원에 낙찰됐다.
12월 25일	조선일보 칼럼에〈문학관 하나 없는 국민시인 김소월〉이 게재.

2016년 (사후 82년)

7월 26일	함양문화회관 대공연장 김소월의 '팔베개 조'연극 공연
8월 1일	배재대가 배재학당 출신 민족시인인 김소월 선생을 기리기 위한 '제24회 청소년소월문학상'을 개최하고 경기 고양예고 3학년에 재학 중인 양혜림 씨를 대상 수상자로 선정
9월 18일	20세기 가장 위대한 시인으로 꼽힌 김소월의 시 '새벽'이 미국 보스턴 작곡가들에 의해 현대가곡으로 재탄생
11월 19일	KBS 불후의 명곡 경연에서 KCM은 김소월의 '진달래 꽃'으로 최종 우승

2017년 (사후 83년)

5월 29일	교보생명 광화문 글판 김소월의 '가는 길' 선정
7월 29일	파주 출판도시 '김소월 시의 다리' 문학데크 준공 개통
11월 7일	DMZ에 평화의 메시지를 전하는 김소월의 '못잊어'를 엘 시드 예술작가는 직접 캘리그라피 작품으로 만들어 설치
11월 7일	대구콘서트하우스 그랜드홀에서 '엄마야 누나야' 작곡가이자 대구의 근 현대 문화예술인으로 선정된 김진균 예술가의 김소월 창작음악 공연

2018년 (사후 84년)

3월 16일 한국문인협회 종로지부 '시인 김소월의 옛집'에 현판 제막식

2019년 (사후 85년)

10월 10일 동유럽 국가 우크라이나의 최고 명문대학에 국민 시인 김소
월의 흉상이 건립됐다. 우크라이나 수도 키예프에 있는 '타라
스 셰브첸코' 국립대학 식물원에 한국의 국민 시인인 김소월
의 흉상이 설치됐으며, 동상 제막식이 개최됐다고 우크라이
나 주재 한국대사관이 밝혔다. 한국 문학인의 기념비가 우크
라이나에 세워진 건 처음이다.

2020년 (사후 86년)

8월 31일 등단 100주년인 시인 김소월을 기념하고자 그의 명시를 그림
으로 담아낸 이색적인 전시회가 개최되었다. 전시회를 주체
한 대산문화재단과 교보문고는 김소월 등단 100주년 기념 시
그림전展 '소월시 100년, 한국시 100년'을 10월 30일까지 교
보문고 광화문점 교보아트스페이스에서 개최했다.

9월 7일 김소월 시인의 탄생 118주년을 맞아 생애와 작품 배재학당 역
사박물관 온라인 전시로 소개됐다. '한국인이 사랑하는 시인,
김소월'이라는 제목으로 진행되고 있는 온라인 전시회에는
시인의 생전 모습을 로고로 구현해냈다. 전시회는 세계 박물
관 소개 플랫폼인 '구글 아트 앤 컬처'에도 소개돼, 이를 바탕
으로 구글 두들 제작에까지 들어갔다. 이번 온라인 전시는 김
소월 시인의 대표작과 유산을 조명하면서, 전 세계에 한국 문
학과 근대 문화유산을 알리는 계기가 됐다.

2021년 (사후 87년)

9월 3일 민족시인 김소월의 시 '진달래꽃'의 의미와 가치를 재조명하

는 특별전이 3일부터 내달 31일까지 배재학당역사박물관에서 열렸다. 배재학당역사박물관은 소장품인 김소월 진달래꽃 초판본(등록문화재 제470-2호)을 활용해 김소월이 활동했던 한국 근현대기 상황과 역사를 문자 조형성과 시적 정서가 담긴 서예와 함께 전시했다.

2022년 (사후 88년)

9월 25일 한국작가회의가 김소월 시인 탄생 120주년을 기념한 공연 '산산이 부서진 이름이여'를 서울 성동구 소월아트홀 무대에 올린다. 이 공연에는 한국의 문인단체에서 가장 규모 있게 주최하는 '최초의 소월 문학 행사'다. 한국작가회의의 시인들이 참여하고, 음악에는 안양필하모닉오케스트라가 협업했다.

11월 20일 영원한 한국인의 애송시 김소월의 '진달래꽃' 발표 100주년을 기념하여 '진달래꽃 시낭송 퍼포먼스'를 선보였다. 재능시낭송대회는 한국시인협회(회장 유자효)와 재단법인 재능문화(이사장 박성훈)가 공동으로 주최하고, 종합교육문화기업 재능교육과 문화체육관광부 등이 후원하는 국내 유일 전국 규모의 시낭송대회다.

2023년 (사후 89년)

9월 20일 김소월의 시집 『진달래꽃』 초판본이 20일 진행된 경매에서 1억 6,500만 원에 낙찰됐다. 이 금액은 근현대문학 서적 경매 낙찰 최고가 기록이다. 앞서 근현대문학 서적 경매 낙찰 최고가는 1억5,100만 원에 낙찰된 만해 한용운의 시집 '님의 침묵' 초판본이다.

12월 28일 영화제작사 소월스튜디오는 예술영화 '소월, 산산이 부서진 이름'을 디지쉐어스의 STO 플랫폼에서 토큰증권으로 발행한다고 밝혔다. '진달래꽃' 발간 100주년인 2025년에 개봉을

목표로 기획된 김소월 예술영화는 식민지 지식인으로 주옥
같은 시를 남기고 서른둘의 나이에 생을 마감한 시인 김소월
의 아픔과 고뇌가 어떻게 예술로 승화됐는지를 묘사한 예술
영화다.

2024년 (사후 90년)

1월 8일   배재대는 일본 큐슈산업대학, 오리오아이신단기대학 학생들
과 배재학당 출신인 민족시인 김소월의 시를 번역한 책갈피
를 나눠주는 활동 등 문화체험, 현지 교회 및 박물관 탐방 등
다채로운 교류 프로그램을 진행했다.

12월 17일   서울옥션이 12월 17일 실시한 메이저 경매에서 김소월 시집
『진달래꽃』 초판본이 1억8000만원에 낙찰되어 판매됐다. 이
는 근현대문학 서적경매 최고가로 2023년 9월 20일 케이옥
션 경매에서 낙찰된 『진달래꽃』 초판본 1억6천500만원을 1
년만에 갱신한 것이다.

2025년 (사후 91년)

1월 10일   광복 80주년 『진달래꽃』 출간 100주년 기념으로 한 뮤지컬
'어제의 시는 내일의 노래가 될 수 있을까'는 서강대학교메리
홀대극장에서 공연한 뮤지컬로 '김소월의 시'를 테마로 한 첫
작품이다. 한국콘텐츠진흥원의 '2020스토리움우수스토리'
로 선정된 이성준 작가의 소설 '붉은진달래'를 원작으로 김
소월의 대표작인 「초혼」 「진달래꽃」 「풀따기」 등 9편의 시를
노랫말로 활용해 독립의 열망과 조국의 아픔을 표현한 공연
이다.

김소월 전 시집 진달래꽃·초혼

초판 인쇄 2025년 5월 5일
초판 발행 2025년 5월 15일

지은이 김소월
펴낸이 김상철
발행처 스타북스
등록번호 제300-2006-00104호
주소 서울시 종로구 종로 19 르메이에르종로타운 A동 907호
전화 02) 735-1312
팩스 02) 735-5501
이메일 starbooks22@naver.com

ISBN 979-11-5795-771-2 03810